婿同心捕物控え

遅咲きの男

学研M文庫

本書は文庫のために書き下ろされた作品です。

目次

第一章　妬《ねた》みの御用

一

「火事だ！」

夜空を焦がす炎、耳をつんざく半鐘の音。火元は新両替町《しんりょうがえ》の横丁を一歩入った蕎麦屋だった。

幸いにも類焼の恐れはない程度の火事のため周囲を野次馬《やじうま》がたむろし、野次馬に怒声を浴びせながら火消したちが忙しく消火活動に当たっている。その最中、

「助けて、助けてください」

女の声は火事騒ぎにあってもひときわ耳についた。

一人の武士が駆け寄った。

「どうしたのだ」

かける声音も目元もひどくやさしげだ。色白でひょろりとした長身ながら目鼻立ちが整った面差しは柔らかで、大小を差していなければ、大店《おおだな》の若旦那といった風貌である。この男が火付けや盗賊といった凶悪犯を取り締まる火付盗賊改方《ひつけとうぞくあらためかた》の同心と聞けばみな驚くだろう。それもそのはず、根っからの武士ではない。

桐生直次郎《きりゅうなおじろう》。松川町《まつかわ》の両替商布袋屋《ほていや》の次男に生まれた。父幸右衛門《こうえもん》は一代にして布袋屋を築き、自分の成功の証《あかし》に直次郎を武士にしたいと考えた。折から火盗改の同心を務める桐生家で婿養子の話が持ち上がっていることを聞きつけ、莫大な持参金を用意して直次郎の養子縁組を整えたのである。

「娘が、娘が家の中に」

女は訴えかけてきた。

「わかった。ここで待っていなさい」

直次郎は燃え盛る蕎麦屋に足を向けた。蕎麦屋は二階から屋根にかけて炎に包まれ黒煙が取り巻いている。

直次郎は手早く黒紋付の羽織と袷《あわせ》を脱ぎ褌《ふんどし》一丁となると、気合いを込め天水桶の水を被《かぶ》った。身体中を悲鳴を上げたくなるような冷たさに包まれたが、頭だけはすっきりとして蕎麦屋に飛び込んだ。幸い、一階には火が回っておらず黒煙が立ち込めている。煙の中から子供の泣き声が聞こえる。女の子のようだ。直次郎は声を頼りに駆け寄った。入れ込みの座敷に少女が一人取り残されていた。

直次郎は、

「もう、大丈夫だぞ」

と、少女を抱き上げた。少女の胸の鼓動を感じたところで天井から火の粉が舞い落ちてくる。今にも天井が抜けそうだ。直次郎は火の粉から少女を守りながら大急ぎで外に出た。

その直後、一階も炎上した。野次馬からやんやの喝采が上がったが、誇るよりも安堵《あんど》の気持ちが湧き上がり、母親の姿を探した。母親が走り寄って来て少女を抱き上げげた。少女救助の緊張と火事場に近いことから寒さは忘れたが、今は文政《ぶんせい》八年（一八二五）霜月七日、すっかり冬めいた夕暮れ時だ。

「お侍さま、ありがとうございます。あっしはろ組の松五郎と申します。よろしかったらお名前をお聞きかせください」

男は刺《さ》し子《こ》の長半纏《ながばんてん》に股引《ももひき》を穿《は》き、背中にはろ組と記されていることから町火消しであることは間違いない。町火消しは火事の多い江戸の防火対策として享保《きょうほう》三年（一七一八）、南町奉行大岡越前守《おおおかえちぜんのかみ》により設けられた。いろは四十八組と本所深川十六組からなり、各組には二百人ほどの人足が属している。

「火盗改《かとうあらため》の桐生と申す」

「火盗改の旦那でしたか」

松五郎は意外そうに直次郎の顔をまじまじと見つめていたが、火消し仲間から呼ばれ、ぺこりと頭を下げ走り去った。

直次郎は乾いた布切れで身体をごしごし拭き、脱ぎ捨てた袷と羽織を手早く身に着けると、野次馬の群れにちらりと目をやった。

――あれは――

火付盗賊改方の同僚藪中音吉《やぶなかおときち》の姿を見たような気がした。見たような気がしたというのは背中を見、確かめる間もなくその男が野次馬の中に消えたためである。

直次郎は追いかけようとしたが、

「ありがとうございます。本当にありがとうございます」

助けた子供の母親から引き止められた。むげにはできない。藪中には明日にでも確かめればいいのだ。

「良かった。本当に良かった」

直次郎は少女の頭を撫でた。少女の無事を見ると、安堵と共に大きな喜びが胸一杯に広がった。母親から名を聞かれ素性を語ると、直次郎は新両替町の表通りを歩き京橋川《きょうばしがわ》に向かった。水を浴び、乾いた布切れで身体をこすったせいで乾布摩擦の効果を生み上半身はぽかぽかとした。それに対し下半身は濡れたままの褌を身に着けているためじめっと気持ちの悪い冷たさだ。

幸いにも火事騒ぎは鎮まり、京橋川に架かる京橋を渡り松川《まつかわ》町に至る頃には町は落ち着きを取り戻していた。夜の帳《とばり》が下りているため、人通りはなく町屋の大戸は閉じられている。上弦の月に照らされた建物の影が闇の中に薄っすらとおぼめいていた。その中の一軒、両替商の布袋屋が直次郎の実家だ。間口十間、瓦葺《かわらぶき》屋根の二階家である。軒先には幕府官許の両替商であることを示す分胴看板が掲げられ布袋屋と記されている。

既に戸が閉じられているため、裏に回った。木戸から中に入り、庭を横切ると凍土と化した地べたが乾いた音を立てた。母屋に至って玄関の格子戸を開け、

「直次郎です」

と、声をかけるとすぐに女が出て来た。兄幸太郎《こうたろう》の妻お須恵《すえ》である。四谷《よつや》の呉服問屋房州屋《ぼうしゅうや》の娘であったが、五年前に嫁《とつ》いできた。人当たりのいい世話好きのいかにも商家の女房という女で、幸太郎との間に一男、二女をもうけている。

「夜分にわざわざ、すみませんね」

お須恵は申し訳なさそうに腰を屈《かが》めながら、直次郎を奥の居間へと導いた。誰もいないが直次郎の来訪を気遣《きづか》ってか、火鉢が用意されていた。できれば褌を穿き替えたいが兄嫁への遠慮から我慢をすることにした。

「兄上はお出かけですか」

「寄り合いですからね、もう少しで帰ると思いますよ」

お須恵は笑顔を向けてきた。が、その笑顔はどこかぎこちない。いつもの溌《はつ》剌《らつ》さが感じられず眉間に陰が差していた。

「姉さん、ご用件とは何ですか」

お須恵のその表情を見れば、よからぬことという予想がつく。お須恵は何かを決意するように瞬《まばた》きを二度すると、

「主人のことなのです」

「……。兄さんのことですか」

幸太郎が一体どうしたというのだ。

「主人、このところ様子が変なのです」

「どのようにですか」

「それが、具体的にどうのこうのとは言えません。ただ、なんとなく、様子がおかしいと感じるのです」

「ですから、その……」

要領を得ないため踏み込んでみようと思ったがふと、

「まさか、兄さんが浮気を」

行灯《あんどん》の淡い光に滲むお須恵の目は、直次郎がこれまでに見たこともない冷ややかな光をたたえていた。直次郎の妻美緒《みお》は悋気《りんき》が激しく、直次郎に少しでも女の影を感じると容赦なく焼餅を焼く。言い方は変だが陽気な焼餅焼きだ。対してお須恵は陰《いん》に籠《こも》るようだ。それだけに、その深刻さがひしひしと伝わってくる。

「はっきりとはわかりません。ですから、その、申し上げにくいのですが、その真偽を直次郎さんに確かめて欲しいのです」

思いもかけない依頼で咄嗟《とっさ》に返事はできない。

「まずは、姉さんが兄さんの浮気を疑う理由を聞かせてください」

「駄目ですか」

お須恵は軽くうなずいてから、

「何度か黙って出て行くことがあったのです」

「そんなことくらいあるでしょう」

「でもね、あの人、これまではいつもどこへ行くと告げていました。それが、今月になり、ちょっと出かける、そう言って出て行ったのが二回あったのです」

「たまたまでしょう」

「それが、帰って来た時にあの人ったら見たこともない顔つきをしていたのです」

「どんな顔です」

「とてもうれしそうでした」

直次郎の脳裏に幸太郎の病的なまでに色の白い顔が浮かんだ。いつも茫洋として、摑《つか》みどころがないことから鰻《うなぎ》のようだ、布袋鰻だなどとあだ名されている。日頃、喜怒哀楽を表に出すことが少ない幸太郎だが、喜ばしいことがあれば表情も明るくなるというものだ。

「兄さんだって良いことがあれば喜ばしい顔をするでしょう。商いがうまくいったのではないですか」

「商いを喜ぶ顔とは違うと思います。うまくは言えませんけど、やに下がっているというか、鼻の下が伸びていたというか」

「寄り合いで柳橋辺りの料理屋に行ったのではありませんか。そこで、芸者相手に義太夫《ぎだゆう》でも披露して、それが大いに受け気を良くした、とか」

「あの人の義太夫、受けると思いますか」

三月ほど前から幸太郎は商い上の付き合いで義太夫を習い始めた。ところが、その義太夫たるやとてものこと聞けたものではない。

「ですから、そこは世辞《せじ》と申しますか、幇間《たいこもち》がよいしょして兄さんはそれに乗せられたのではありませんか」

「ありえませんわ」

お須恵ははっきりと首を横に振った。それから、

「たとえ幇間であろうとあの人の義太夫を褒めるなんてこと、わざとらしいだけです。そんなことをすれば、座敷が白けますよ」

お須恵はいつになく辛辣《しんらつ》だ。義姉《あね》にこんな一面があったとは。兄の浮気とともに意外で新鮮な想いがした。

「だからといって、それで兄さんが浮気をしているなんて」

「お願いします」

お須恵は直次郎の言葉を遮《さえぎ》った。断れるような雰囲気ではない。

「わかりました。やってみます」

お須恵はわずかに表情を和ませ、

「すみません。こんなこと、直次郎さんにしか頼めませんもの」

「はあ、まあ……」

つい口ごもってしまう。お須恵はそれを直次郎の承諾と受け取ったのだろう。

いつもの溌剌とした表情になり、

「ご飯を食べていってください」

「いいえ、済ませてまいりましたので」

本当はまだなのだが、居たたまれない気分だ。

「ではお茶を、あら、ごめんなさい。お茶も淹《い》れていなかったですね」

お須恵が言った時、

「ただ今」

幸太郎が帰って来た。お須恵の目に暗い光が宿ったが、それもほんの一瞬のことですぐに笑顔を作り出迎えに向かった。程なくして、

「直次郎が来ているのかい」

幸太郎の声が近づいて来た。直次郎はたった今、浮気の話を聞いた後だけにそのことを表情に出さないようわざと厳しい顔をした。幸太郎はいつもの飄々《ひょうひょう》とした様子で入って来て、直次郎の前にふわりと座った。

十歳年上の幸太郎は幼くして母親を亡くした直次郎の親代わりとなってくれた。着物は縞柄《しまがら》の木綿の袷《あわせ》という地味ながら黒紋付の羽織は背中に布袋さまの絵柄を金糸で描くという派手なものだ。父が京都の呉服屋で仕立てさせた羽織で、布袋屋の主はこの羽織を身に着けろという遺言に従って幸太郎は着用している。直次郎は悪趣味だからやめるよう言っているのだが、幸太郎は親父の遺言だからと律儀に守っていた。

「お邪魔しております」

直次郎は表情を消し頭を下げた。

「どうした、なんか用かい」

幸太郎はわずかに酒の匂いを漂わせている。目元もほんのりと赤らんでいた。

「特に用事はないのですが、近くまで来ましたので」

「御用で近くまで来たのかい」

「いえ、今日は非番でございます」

「ま、ゆっくりしていったらいいさ」

幸太郎はほろ酔い加減で義太夫を唸り始めた。酔っているため、いつもより
も声が大きい。

お須恵が茶を運んで来て、

「声が大きいですよ。子供たちが起きてしまいます」

と、にこやかに注意をする。夫の浮気を心配していた妻とは別人だ。

「こいつはいけない。つい、調子に乗ってしまったね」

幸太郎は茶をこくりと飲んだ。

「では、これで失礼します」

直次郎は腰を上げた。

「なんだ、会って早々に引き上げるのかい。妙な男だな」

「明日も早いですし、長居はご迷惑ですから」

「引き止めはしないよ」

幸太郎は言うと再び義太夫を唸りだした。今度はお須恵から注意されたせいか声の調子を落としている。

直次郎はお須恵に送られ玄関まで歩いた。

「どうぞよろしくお願い致します」

お須恵は念押しをした。

「承知しました。できるだけやってみます」

直次郎は言うと玄関を出て庭を歩き裏木戸から外に出た。夜五つ（午後八時）の鐘の音が聞こえた。寒月が夜空を彩り、火の用心の声が寒さに震えている。直次郎は袷の襟《えり》を寄せると家路を急いだ。

二

帰路に就いたもののお須恵から幸太郎の浮気疑惑を聞かされ、心穏やかではなくなった。幸太郎の様子を見る限り、普段となんら変わるところがなかった。だが、女の直感というものは侮《あなど》れない。それに、引き受けてしまった以上、何もしないわけにはいかない。

幸太郎を裏切るようで後ろめたい気分にもさせられたが、ともかく、やらなければならないだろう。

そう思うと、改めて厄介事《やっかいごと》を引き受けてしまったという思いが胸をついた。このまま家に帰ることはできない。自然と目の前の飯屋の暖簾《のれん》を潜《くぐ》った。直次郎と幼馴染であるお衣《きぬ》と父親で営んでいる店だ。

「あら、直次郎兄ちゃん、いらっしゃい」

お衣の屈託のない笑顔は波立った直次郎の心を平らかにしてくれた。お衣は目元がぱっちりとし、瓜実顔《うりざね》で松川小町の評判を取る娘だ。歳は直次郎より五つ下の二十歳、幼い頃に母を亡くし父親の為吉《ためきち》と二人で店を切り盛りしている。

「おお」

店の奥から男が声をかけてきた。小銀杏《こいちょう》に結った髷《まげ》、萌黄《もえぎ》色に縞柄の小袖を着流し黒紋付の羽織を巻き羽織にしている。一見して八丁堀同心とわかった。南町奉行所定町廻り同心向井庄之助《むかいしょうのすけ》である。歳は直次郎と同じ二十五歳。直次郎とは中西派一刀流沢村源斎《さわむらげんさい》道場に通った仲である。日に焼けて背が高く、役者絵から抜け出てきたような男前だ。町を歩いているだけで、娘たちが振り向かずにはいられないといったもて男である。そうかといって、優男《やさおとこ》というわけではなく、沢村道場でも指折りの腕前、おまけに、捕物での水際立った十手遣《じってづか》いは抜群で、奉行から感状を与えられること数限りなしという腕利き同心である。

横に手札を与えている岡っ引文治《ぶんじ》もいる。文治は女房が亀の湯という湯屋をやっているため通称亀の湯の文治と呼ばれていた。二人は入れ込みの座敷で酒を酌《く》み交わしていた。

「どうした、ご機嫌だな」

直次郎は庄之助の向かいに座った。濡れた褌がなんとも気持ち悪いが、酒を飲めば気分が紛れるだろう。

「そうでもない」

庄之助は鼻で笑う。文治が徳利を向けてきながら、

「火盗改はお忙しいんでしょ」

「まあな」

「例の火付けか」

庄之助が聞いた。

「そうなんだ。今月に入ってもう二件だ」

「今のところ、大火にはなっていないのが不幸中の幸いだが、早く捕縛しないと大変なことになるな。目星はついているのか」

直次郎は小さく首を横に振った。お衣が湯豆腐を運んで来た。昆布が敷いてあり、ぶつ切りの葱《ねぎ》が添えてある。

「直次郎兄ちゃん、なんだか元気ないね」

「そんなことはないさ」

「そう、だったらいいんだけど」

お衣は笑顔を残し板場に戻った。

「奉行所からも町役人《ちょうやくにん》に火の用心を徹底せよとの触れを出している。それに、怪しげな連中がいないか旅籠《はたご》にも目配りをさせている」

「一日も早くお縄にしないと、みな、枕を高くして寝られませんや」

文治が言い添えた。庄之助が徳利を向けてきて、

「おまえのことだから、朝から晩まで足を棒にしているんだろ」

「成果なしだがな」

「火消したちも大忙しだ」

庄之助がここまで言った時、

「おお、こっちだ」

文治が手招きをした。暖簾を振り返ると先ほどの火事騒ぎで一緒になった火消しの松五郎である。直次郎と目が合い、

「さっきの火盗改の旦那ですか」

庄之助が、

「なんだ、おまえら、知り合いか」

「つい、先ほど、火事現場で一緒だったんですよ」

松五郎は蕎麦屋の火事での直次郎の活躍を話した。

「さすがは桐生さまだ」

文治に褒め称えられたが、

「あたり前のことをしたまでだ」

自分の手柄を誇る気はしない。

松五郎が、

「いや、どうして、どうして。火を恐れもせずに飛び込んで行かれましたよ。実にご立派なことでした」

「ま、それくらいにしてくれ」

直次郎は手酌で酒を飲んだ。

「あっしゃ、向井の旦那には大変お世話になってましてね。あっしの親父もです」

「梅太郎《うめたろう》は元気か」

「よせばいいのに未だに半鐘が鳴るっていうと、飛び出して行きますよ。もう、歳ですんでね、止めているんですけどね、聞きやしませんや」

松五郎は言葉とは裏腹に、そんな父親が自慢のようだ。

「梅太郎らしいな」

庄之助もうれしそうに目を細めた。

「火付けの奴、絶対捕らえてくださいね」

松五郎に言われ、

「必ず捕らえてみせる」

直次郎は決意を新たにした。

そこへお衣が酒を持って来た。それから半時ほど酒を酌み交わしお衣の店を後にした。寒風に包まれ背中が丸くなる。白い息を吐きながら小走りになると、酔いが回って寒さを紛らわすことができた。

直次郎は四谷仲町《よつやなか》にある組屋敷に戻った。

与力、同心の組屋敷は火付盗賊改方山際仙十郎為義《やまぎわせんじゅうろうためよし》の役宅に隣接して設けてある。与力は三百坪、同心は百坪の敷地が与えられていた。

木戸門を潜ると、夜四つ（午後十時）を回っているにもかかわらず、縁側に面した居間の障子は開け放たれ行灯の灯りが灯されていた。なるべく音を立てないようにそっと格子戸を開け、

「ただ今」

と、声をかけた。

すぐに衣擦れの音がし、女が現れた。女は三筋小紋《みすじこもん》の小袖《こそで》に紅色の帯をきりりと締め、式台で三つ指をついた。妻の美緒である。

「ただ今、戻った」

もう一度声をかけると、

「お帰りなされませ」

丸顔に丸い目、鼻は高くはなく、おちょぼ口である。顔の造り一つ一つは褒められたものではなく、全体として見ても美人とはいえないが、愛嬌のある可愛らしい面差しとなっている。頬にできる笑窪《えくぼ》もかわいさに彩《いろど》りを添えていた。

直次郎より三歳若い二十二歳だ。五年前に婿養子として夫婦になって以来、直次郎の留守を守ってくれている。

「兄上さまのご用件は何でございました」

美緒には義姉からの呼び出しではなく兄幸太郎から呼ばれたと告げてある。

「まあ、ちょっとしたことだった」

「ちょっと、したこととは何でございます」

「いや、その、義太夫を聞かされた」

美緒はおちょぼ口を尖《とが》らせ小首を傾《かし》げた。その様子は美緒の幼い頃を想像させ愛おしさを誘った。

「前に話しただろ。兄さんが義太夫に夢中になっていること」

「兄上さまはそんなにも夢中になられておられるのですか」

「下手の横好きというやつだ。近々、寄り合いで両替商仲間に披露するとかで、その前にわたしに聞かせて稽古しようと考えたようだよ」

美緒はくすりと笑い、

「どうでしたの」

「とても他人に聞かせられるようなもんじゃないさ」

直次郎は顔をしかめて見せた。

「そんなことおっしゃっては兄上さまに失礼ですよ」

「本当のことだから仕方ない」

直次郎は眉間に皺《しわ》を刻んだ。

「そんなにひどいとなりますと、かえってお聞きしたくなりますわね」

「やめたほうがいい。頭がおかしくなるぞ」

「旦那さま、案外と手厳しゅうございますね」

二人は笑い合った。今頃、幸太郎はくしゃみをしているかもしれない。

「お腹は大丈夫ですか」

「ああ、減っていない」

とたんに、

「お衣さんの店で済ましてこられたのですか」

その物言いはどことなく険《けん》がある。美緒の欠点は悋気が激しいことだ。直次郎の浮気を始終心配し、警戒の目を緩ませない。お衣の店に寄ったというだけで心穏やかではなくなる。

「そうだ。向井殿と一緒にな。このところ、頻発《ひんぱつ》しておる火付けについて色々と話をした」

「向井さまとですか」

直次郎が難しい顔をして見せると、

「それはご苦労さまでございます」

美緒は威儀を正した。別に嘘をついているわけではないのだが、美緒の嫉妬の前に妙な後ろめたさを抱いてしまう。

「ならば、本日はこれで休むとする」

美緒はわかりましたと素直にうなずいた。

「物騒でございますね」

「全力で下手人を挙げてみせるさ」

直次郎が決意を示すと、

「くれぐれもお気をつけになってくださ い」

美緒は真摯な眼差しで見上げてくる。直次郎はそっと美緒を抱き寄せた。甘い香りと共に温もりが伝わってきた。

「本当にお気をつけて」

直次郎の腕の中で美緒は繰り返し囁《ささや》いた。

「大丈夫だ」

直次郎は腕に力を込めた。

火の用心の声が遠くに聞こえた。

三

翌十一月八日、直次郎は火付盗賊改方山際仙十郎為義の役宅に出仕した。火付盗賊改は若年寄支配、役高千五百石、先手頭《さきてがしら》の加役《かやく》である。山際は先手弓頭であり、五人の与力、五十人の同心を指揮し、火付けや盗賊を取り締まっている。

出仕するとすぐに大広間に与力、同心が集まるよう通達された。火付けのことに違いない。

　三十畳の板敷きに事務方を除く四十人余りの与力同心が顔を揃え、山際が上座に座った。みな、一斉に頭を下げる。直次郎は一番後方に遠慮がちに座っていた。山際は一同を見渡してから、

「日頃よりの務め、ご苦労」

と、型通りの挨拶の後空咳《からせき》をして、

「みなもよく存じておる通り、不埒《ふらち》極まる火付けが横行しておる。わしから言うまでもないこととは思うが、改めて申す。なんとしてでも、下手人を捕縛せよ。火盗改の看板にかけてじゃ」

　太くくぐもった声だが、それであるだけに山際の言葉は胸に染み通ってくる。直次郎は唇を嚙み、決意を新たにした。

　同心支配役与力の望月宗太郎《もちづきそうたろう》がみなの前に進み出て、

「なお、お頭《かしら》より、下手人を捕縛したなら褒美として金三十両が下されることになった」

　一同からざわめきが起きた。

「なにも金が出たからどうのこうのという了見の者はいないだろうが、励みにはなる」

望月の言葉を引き取り、

「江戸が大火になってからでは遅い。一同、励め」

山際はおごそかに言うと出て行った。みな、各々に使命を胸に刻んだようだ。

望月はそれから、

「桐生直次郎、前へ出よ」

「はい」

直次郎は張りのある声で返事をし、最後方から同心たちの間を縫って前に出た。みなの視線が集まる。小さなざわめきが起きた。

「桐生、子供を助けたこと、まことに手柄である」

望月は昨日行った直次郎の子供を火事から救ったことを語った。

「非番にもかかわらずよき働きをした。よくぞ、火盗改の面目を施した。お頭も大いに褒めておられた」

望月は満面に笑みを浮かべた。

無我夢中で行ったことだ。まさか、褒賞されるとは思ってもいなかった。

「お頭から感状と金五両が出た」

望月に手渡された。

「ありがとうございます」

「みなも桐生を見習い、励め」

望月の賞賛が同僚たちの妬《ねた》みを買うことを恐れた。ただでさえ、直次郎を両替商の息子、商人の倅《せがれ》と蔑《さげす》む声が聞かれるのだ。直次郎に対する悪評は次第に取り払われているとはいえ、今でも同僚たちの心の奥底に蔑みの気持ちが横たわっていることは確かである。現にこの時も背中にぞっとするような、刺すような視線を感じている。

——浮かれるな——

己に言い聞かせ、わざと厳しい表情を作り、感状と報奨金を受け取って、

「感状はありがたく頂戴致しますが五両はみなで分けるか、探索費に当てていただきとう存じます」

「そんな気遣いは無用だ。おまえが受け取ればよい」

「いえ、是非とも！」

望月は言ってくれたが、
直次郎はつい強い口調となった。

「いいから、受け取れ。でないと、今後他の者たちが受け取りにくくなる」

望月に押し付けられるようにして五両を受け取った。

「では、解散」

望月は大広間から出て行った。たちまち、あちらこちらから声が聞こえる。

「たった、五両なんかいらないとさ」

「さすがは、分限者《ぶげんしゃ》の倅だ」

案の定、直次郎に対する蔑みだ。直次郎は言い返すことはせず、黙っていた。

同心西村寛太郎《にしむらかんたろう》がみなの気持ちを代弁するかのように、

「非番の日までお役目に励むとは、さすがは桐生殿だな。我らも見習わねばな」

一同から蔑みとも失笑ともつかない言葉が続いた。

「ま、せいぜい、お手柄を立てるんだな、直次郎」

西村は直次郎の胸を突き飛ばし、足音高らかに大広間を出て行った。一人、ぽつんと残された直次郎に、

「お手柄でございました」

声をかけてくれたのは下男の藤吉《とうきち》である。藤吉は顔中を皺《しわ》だらけにして喜んでくれた。

「ありがとう」

「燃え盛る火の中に飛び込んで子供を助けるとはいかにも桐生さまらしいお働きだと、下働きの者はみな申しておりますよ。同僚方は妬んでおられるのです」

「そんなことはないさ」

「桐生さまはお人がよろしいですから」

「わたしのことは気遣い無用だ。それより、これ、受け取ってくれ」

直次郎は一両を出した。藤吉は躊躇《ためら》う素振りを見せたが、

「奉公人のみなで美味《うま》いものでも食べてくれ。今年の冬は一段と冷える。滋養をつけないと風邪をひくぞ」

藤吉は笑顔で受け取り何度も頭を下げた。そこへ一人の娘がやって来た。今月から奉公に上がった娘でお累《るい》という。多摩の庄屋の娘だそうだ。山際がお累の父をよく知っており、行儀見習いを兼ね奉公に上がっている。よく働くと評判である。

「お累ちゃん、桐生さまから大金をいただいた。みなで美味《おい》しい物を食べよう」

「ありがとうございます」

お累はまだあどけなさの残る笑顔を弾《はじ》けさせた。西村たちの雑言《ぞうごん》で受けた嫌な思いを払ってくれた。ふと視線を転ずると廊下に藪中音吉がいる。昨日見かけた男だ。

「藪中さん」

藪中は直次郎より八つ上の三十三歳、ぬぼっとした容貌、痩せた身体、一見して冴《さ》えない男である。それが災いしてか、とにかく上役や先輩同心からの叱責が多い。

「ああ」

藪中は呆《ほう》けた声を出した。

「お身体の具合が悪うございますか」

「いや、そんなことはないが」

「でも、お顔の色が悪うございますぞ」

「生まれつきこの顔だ」

藪中は自嘲気味な笑いを浮かべた。

「それは、失礼しました」

「桐生殿はこのところ立派な活躍ぶりだな」

「桐生殿などとおっしゃらないでください。桐生と呼び捨てでお願いします」

「でもな」

　藪中は躊躇う風だったが、

「ちょっと、お茶でも飲みませんか」

　直次郎は藪中と連れ立って廊下を歩き組屋敷を出ると四谷仲町にある町地の茶店に入った。茶と草団子を注文してから、

「昨日、火事騒ぎの現場で藪中さんをお見かけしたのです」

　藪中は強い目をしたが、すぐに元のぬぼっとした顔に戻り、

「そうであったかな」

「見間違いではないと思いますが」

　藪中は目元を緩《ゆる》ませ、

「おお、そうだった、そうだった。現場に行った。既に火が回っていて、中に子供がいるという。どうしようかと思っている内に桐生が一人飛び込んだ。自分も何かせねばと思っている内に桐生が子供を連れて戻って来た。正直、わしは火を目前にして足がすくんでしまった。自分が恥ずかしくなっておまえと顔

を合わせることができなかった」

「恥ずかしいだなんて」

「恥ずかしいさ。火盗改の一員。しかも、桐生よりも経験を重ねているというのに、子供一人助けることもできなかった。火事現場で足がすくむなんて火盗改失格だな。まったく、なってない」

藪中は恥じ入るように目を伏せた。

「たまたまでございましょう」

「そんなことあるもんか」

「藪中さん、疲れておられるのではないですか」

「無能なだけさ。昨日、望月さまから呼ばれたのだ。わしの働きぶりがあまりに悪いということでな。今年になって、盗人一人、火付け一人捕縛していない。今月もこのままの体たらくであれば、来年は火盗改の同心を首になる」

藪中は薄く笑った。

「そんな……」

「火盗改はとにかく実績を示さねばならない。無能な同心を飼っておく余裕はないそうだ。御家人の中には無役ながら剣の腕が立つ者がたくさんおる。その中から、採用してもよいとおおせられた」

「剣の腕ならば藪中さんも人後に落ちぬはず。無外流《むがいりゅう》の目録を持っておられると聞きました」

「いかにも。だが、無外流の目録も役に立たねば絵に描いた餅だ。道場で腕が立っても真剣を悪人どもに向けて初めて真価を発揮すると申すもの。それができずば、失格だ」

藪中は訥々《とつとつ》と語った。

「今月、放火魔を挙げれば望月さまの評価も変わります」

「実はそう思って、わしなりに探索を行っておる。だが、何一つ手がかりが摑めない」

「藪中さんばかりではありません。火盗改みなです。ですから、お頭自らが叱咤され、報奨金も下されるのです。気を落とされますな。今月、まだ、日数はあります。しっかり励みましょう」

「桐生と話しているとなんだか元気が湧いてきた」

「それはようございました」

藪中は草団子を食べた。その横顔はわずかながら赤みが差していた。

四

その晩、またも半鐘が打ち鳴らされた。火元は下谷車坂《したやくるまざか》にある旅籠で、旅籠を中心に数軒の町屋が炎に包まれていた。

火消し、ろ組の松五郎は仲間を率いて現場に駆けつけた。

松五郎は群がる野次馬を蹴散らしながら進む。現場は阿鼻叫喚《あびきょうかん》である。焼け出された者たちが身一つで逃げ惑い、身内を亡くした者たちは泣き叫んでいた。

「邪魔だ、邪魔だ」

幸い風はない。松五郎は火の勢いを見て旅籠の両隣三軒の家屋を壊せば火は鎮火すると判断した。松五郎は纏《まとい》を持ち、破壊する建屋の屋根に登った。それから火消し人足たちを叱咤し家を壊す。人足たちは長鳶《ながとび》を使い家々を引き倒していった。一時ほどが過ぎ、松五郎たちの必死の奮戦でどうにか鎮火になった。

火事が鎮まったのを見定め松五郎が往来に降りると、天水桶の陰に父親梅太郎が横たわっている。梅太郎は胸を血で染め、虫の息となっていた。

「どうしたんだおとっつぁん、しっかり」

松五郎は梅太郎の身体を揺さぶる。梅太郎は白目を剝《む》きながら、

「お、女だ。何度も見かけた」

「ええ」

松五郎は何のことだかわからない。梅太郎は必死で松五郎の半纏の袖を引き、

「火付け……。女だ。女がいた。火消し人足が火を付けやがった……。おら、火消し人足に刺された」

「おとっつぁん、火付けを見たのかい。火消し人足って誰だい」

だが、梅太郎は返事をしない。最早、声を振り絞る力も残っていなかった。

松五郎の必死の呼びかけも虚《むな》しく梅太郎はがっくりと倒れた。

松五郎の涙が地べたを濡らした。

「松、どうした」

文治が声をかけた。松五郎は無言で見上げる。文治は梅太郎の亡骸《なきがら》を見ると背後を振り返った。向井庄之助が立っていた。庄之助も梅太郎の亡骸に気がつき、呆然と立ち尽くした。

「ひでえ。誰にやられたんだ」

文治が聞くと、

「それが」

松五郎は口をもごもごとさせた。

「どうした」

改めて庄之助が問いかけると、

「火消し人足が火付けの下手人だと、おとっつぁん、虫の息で」

松五郎は思わず嗚咽《おえつ》を漏らした。

「なんだと」

文治が目を剝く。松五郎は涙を拭《ぬぐ》った。

庄之助と文治は顔を見合わせた。

「こいつは驚いた」

文治が言い、庄之助も厳しい顔をした。

「そら、確かかい」

文治は聞いてから、

「おめえに聞いても仕方ねえな」

と、言い添えてから庄之助を見た。庄之助は、

「名うての火消し梅太郎が見たって言ったんだ。命を懸《か》けてな。その証言、お

ろそかにはできねえぜ」

「でも、火消し人足が下手人というのは……」

「火消しだってあり得るさ。女ってこともな」

「そらま、八百屋《やおや》お七《しち》の例もありますからね」

「それより、今夜のことと、これまでの火付けと関わりがあるかどうかだな」

庄之助は顎を掻いた。

松五郎が、

「あっしは、やりますよ」

「どうした」

「あっしはおとっつぁんの仇《かたき》を取ります」

松五郎は拳《こぶし》を握り締めた。

「おまえの気持ちはわかる。だがな、おれたちに任せるんだ。おまえは、火消しの仕事に精進しな。それが、おとっつぁんへの供養になるぜ」

「それは、そうですが」

「まあ、任せろ」

庄之助は梅太郎の亡骸に向かって両手を合わせた。文治も横で合掌《がっしょう》する。松五郎も手を合わせた。その内に松五郎の口から再び嗚咽が漏れた。それはもの哀しい調べとなって夜空に響き渡った。


あくる日の朝、山際仙十郎の役宅は騒然となった。大広間に集まった与力同心たちは顔を真っ赤にしている。

「お頭は登城された」

望月がみなを見回した。

それからおもむろに、

「みなも承知しておろう」

と、一枚の書付を広げた。今朝、組屋敷の長屋門に貼り付けられた紙だ。それは、八百屋お八《はち》を名乗る者から火盗改の無能ぶりを嘲笑《あざわら》う内容で、今月の起きた三件の火事を挙げ、自分の仕業《しわざ》と告白していた。書付の内容からして偽りではないようだ。直次郎が褒賞を受けた新両替町の火事は対象となっていない。不敵にも文の末尾には捕まえられるのなら捕まえてみろ、と挑んでいた。

「許せん」

西村がいきり立った。

「舐めた真似を」

「絶対に逃さん」

みな、口々に憤りを言葉に出した。一同のざわめきが鎮まらない中、

「鎮まれ」

望月は落ち着いた声音で告げた。

ざわめきが潮が引くように鎮まった。

「これは我らに対する挑戦である」

望月は言葉を荒げていないだけに、その怒りはかえって一同の胸の中にどしりと伝わってくる。

直次郎が立ち上がった。

「下手人は八百屋お八と名乗っております。振袖火事の八百屋お七をもじっているものと存じますが、よもや女ということは考えられましょうか」

すると失笑が漏れた。西村が、

「そんなことわかるか。下手人はかつての八百屋お七を称して我らを嘲《あなど》っておるのだ。名前だけ聞いて女と決め付けるのはあまりに早計だ。それに、これだけの火事だ。女一人でできるとは思えん」

西村は一同を見回した。

「そうだ」

たちまちにして賛同の声が上がった。

「西村の申す通りだ。単純にはいかん。女に拘《こだわ》ることなく、下手人《げしゅにん》を追わねばならん。しかるにだ、単純に追いかけてそれで済むというものではない。これまで起きた事を考え、下手人像を考えたい。お八を名乗る下手人から文が届いたのは、次の三件だ。浅草三間町《あさくささんげんちょう》の仏壇屋大川屋《おおかわや》とその周辺、上野黒門町《うえのくろもんちょう》の料理屋信濃《しなの》とその周辺、下谷車坂の旅籠市川屋《いちかわや》を火元とする火事だ。これらに共通するものはあるか、西村」

西村は肩を怒らせて立ち上がると、

「三件ともに共通することは今のところ見当たりません。いずれもお互い、顔見知りではございませんし、行き来もありません」

「とすると、どのように考える」

「焼かれた家に恨《うら》みを持つ者と考えまして、そちらの線で探索を進めようと考えております」

望月の頬が緩んだ。どうやら、望月の考えと同じようだ。

「三軒の奉公人を当たっております。三軒に向けて奉公人を紹介した口入屋《くちいれや》に当たり、三軒に行った者がいるかどうか探っておるところです」

「ふむ」

「共通に恨みがある者を探します」

ここで藪中が、

「あの」

と、ぬぼっとした顔をした。

「なんじゃ」

望月の聞き方には険《けん》があった。日頃の無能を忌々《いまいま》しく感じているのだろう。

「恨みということに絞ってよいのでしょうか」

「はあ……」

西村は顔をしかめる。

「何故じゃ」

望月が促した。

「欲というものを考えるべきと存じますが……」

「らちもない。いいですか、三軒とも金や宝物は奪われておらんのですよ。奉公人や家族で犠牲になった者があるだけです」

西村は言葉遣いこそ先輩の藪中を立てていたが、その口調には明らかに蔑みがある。

「だが、火事場のどさくさに紛れて金品を持ち去ったのかもしれん」

「それは、そういうこともあるでしょう。しかし、ほとんどの富には手がつけられておりません。したがって、狙いは金品というよりも火を付けた家そのものに恨みがあるということではないですか」

西村の強い調子に、

「それは、そうかも」

藪中はもぞもぞと引っ込んだ。

「なんだ、結局、尻すぼみか」

西村が言うと笑い声が上がった。望月は渋い顔で、

「とにかく、西村はその線で探索をせよ。それから、他の者は今晩から夜回りをする。持ち場を決めたゆえ、受け取れ」

望月は紙を配った。

直次郎は日本橋一帯を割り当てられた。

第二章　兄の浮気

一

直次郎は八丁堀沿いを鉄砲洲《てっぽうず》に向かって歩いた。既に夕暮れ時である。河岸《かし》には荷船が行き交い、往来は家路を急ぐ者で溢《あふ》れている。周囲に目配りをしながら歩くが、早々《そうそう》、怪しげな者がいるはずもない。南八丁堀一丁目から歩き五丁目の湊稲荷《みなといなり》に至った。八丁堀南北の鎮護社である。

参拝に立ち寄ろうと鳥居の前に立つと右手方向、鉄砲洲本湊《ほんみなと》町の船宿から出て来る男の姿が目に映った。

「兄さん」

思わず呟《つぶや》いてからあわてて口をつぐむ。こんな時刻に船宿から出て来るとは、容易ならざるものを感じる。お須恵の話を聞いた後だけに尚更《なおさら》だ。自然と、鳥居の陰に身を隠し探るような挙に出てしまった。

すると、直次郎の危惧《きぐ》を裏付けるように、幸太郎の後ろから女が姿を現した。紫の御高祖頭巾《おこそずきん》を被っているため面差《おもざ》しはよくわからないが、すらりとした背格好で、背筋を伸ばして歩く姿は凛《りん》としたたたずまいがある。

——やはり——

お須恵の勘は当たったようだ。幸太郎は浮気をしていた。その事実は受け入れたがそれよりも、女の素性が気になった。

一体、何者だろう。

兄が浮気をする女となると。

芸者ではないようだ。落ち着いたたたずまいは大店の妻女か。

いや、ひょっとして、武家の女。

興味は募るばかりである。

幸太郎は女と別れ自宅に向かっているようだ。直次郎が来た道を逆に歩いて行く。幸太郎が目の前を通り過ぎるのを見送り、女に視線を向けた。女は船松《ふなまつ》町一丁目に向かっている。直次郎は間合いを取り尾け始めた。左手には江戸湾が広がり、川風には濃厚な潮の匂いが混じっていた。薄闇にうっすらと石川島が浮かんでいる。

石川島には寛政《かんせい》二年（一七九〇）火付盗賊改方の頭取を務めた長谷川平蔵宣以《はせがわへいぞうのぶため》の提唱によって作られた人足寄場《にんそくよせば》がある。軽微な罪を犯した者や無罪の無宿人を収容し、各自の得意とする手業《てわざ》や構外の普請人足をして生活費を稼ぎ溜銭《ためぜに》として蓄えた。溜銭が一定の金額に達するか、確かな引き取り人がいれば出ることができた。

直次郎の幼馴染、お衣の兄峰吉《みねきち》が入れられている。峰吉は幼い頃、人さらいに遭い盗賊一味に身を投じた。直次郎の活躍で盗賊一味は捕縛され、峰吉は捕縛に協力したことを斟酌《しんしゃく》されて人足寄場に送られた。

今頃は懸命に更生しているはずだ。

直次郎は峰吉の無事を願い女の後を追った。女は横丁を右手に折れ、真っ直ぐ進む。直次郎は往来に設けられた天水桶に身を隠しながら後を尾けた。女は突き当たりの武家屋敷に至った。

長屋門を構えた千坪ほどの屋敷だ。女は黒板塀に沿って裏手に回り、裏門から屋敷に身を入れた。屋敷に入るわけにはいかない。直次郎はそこまで見届けると屋敷を離れた。

屋敷からして直参旗本のようだ。目の前を通りかかった棒手振《ぼてふ》りの野菜売り

を呼びとめ、

「すまぬが、こちらのお屋敷はどなたさまのお屋敷かな」

なるべく表情を柔らかくして尋ねた。野菜売りはきょとんとしていたが、直次郎の温和な表情に安心したのか、

「こちらは、村岡《むらおか》さまのお屋敷です」

「村岡さま」

聞いてもわからなかったが、武鑑を調べればわかるだろう。

「こいつは美味そうだ」

直次郎は冬瓜《とうがん》を二つ買い求めた。買ってから、冬瓜を手にどうしようかと思ったが、いっそのこと直接幸太郎に浮気の件を聞くのがいいだろうと考えた。こそこそと兄の身辺を嗅ぎ回ることは気が進まないし、暇もない。

直次郎は布袋屋に足を向けた。

布袋屋に至ると裏木戸から中に入り、庭を横切って母屋の玄関に入った。すぐに、お須恵が現れた。お須恵は直次郎を見ると一瞬目を鋭くしたが、すぐに表情を柔らかくし、

てまいりました」

「ようこそ」

と、朗《ほが》らかな声を上げた。

直次郎も大きな声で、

「近所にまいりましたので、寄りました。冬瓜が美味そうでしたので買い求めてまいりました」

「まあ、美味しそう」

お須恵も話を合わせ、冬瓜を受け取ると廊下を進み、

「旦那さま、直次郎さんが冬瓜をお土産に持って来てくださいましたよ」

居間に近づくと義太夫の声がした。上達は感じられず相変わらずのひどさだ。

お須恵の声を聞くと義太夫の声がやんだ。幸太郎の背中の布袋さまが揺れた。

お須恵は冬瓜を見せると、

「なんだい、今日も来て大丈夫なのか」

幸太郎は直次郎が暇だと蔑んでいるようだ。直次郎は内心の腹立ちを胸の奥に仕舞い、

「お役目で近くまで来たものですから」

「来るなとは言わないが。火盗改に火付けから挑戦状が届いたそうじゃないか。

専《もっぱ》らの評判だよ」

「懸命に探っていますよ」

直次郎はぶっきらぼうに言うとあぐらをかいた。お須恵は、「ごゆっくり」と出て行った。

「兄さんも火の用心はくれぐれも気をつけてくださいね」

「あたり前だよ。うちは天下の通用を扱っているんだ。ちゃんと用心している。土蔵にはしっかり、鼠穴《ねずみあな》に盛り土をしているし、毎日、茂蔵《しげぞう》がきっちり目配りしてくれているよ」

茂蔵は父親の代から布袋屋に奉公する番頭である。

「兄さんや茂蔵に抜かりはないでしょうね。ま、それはいいとして、実はね」

思い切って切り出すことにした。自分でも良くも悪くも真っ正直が取り柄と思っている直次郎だ。下手に隠し立てをして幸太郎に疑心を抱かせるつもりはない。

幸太郎は表情を変えることもなく飄々とした面持ちで直次郎の言葉を待っている。

「実は、ここに来る前、兄さんを見かけたんです」

「声をかけてくればよかったのに」

幸太郎の掴みどころのない態度は暖簾に腕押しである。

「声をかけようと思いました。でもね、声をかけられない状況だった」

「なんだい、ずいぶんと持って回った言い方だね」

「兄さんが湊稲荷近くの船宿から出て来たんですよ」

「ああ、あの時か」

幸太郎は直次郎の視線を逃れるように天井を見上げた。

「しかも、その後、御高祖頭巾を被った女が現れた」

幸太郎は全く動ずることなく、

「そうだったかね」

「惚《とぼ》けないでください」

内心で布袋鰻めと毒づいた。

「惚けてなどいないよ」

直次郎はここで怒っては負けだと必死で自分を宥《なだ》め、

「わたしは、気になり女の方の後を尾けました」

「おい、おい、なんてことをするんだい。火盗改は火付けや盗人を追うのが役目じゃないのかね」

　幸太郎はからかうような口ぶりだ。それには相手にならず、

「女の方は村岡さまというお旗本のお屋敷に入って行かれました。一体、どういった方なんですか。村岡さまのご妻女ですか。兄さんはその方とどんな関係を持っているんですか」

　直次郎の問責に幸太郎は余裕たっぷりの笑みで、

「そう、ぽんぽんと聞かれても答えようがないよ」

　言いながら長火鉢から煙管《きせる》に火をつけ、一服してから、

「菊乃《きくの》さまとおっしゃってね、直参御旗本村岡右兵衛助《うひょうえのすけ》さまのご妻女だ、村岡さまは家禄千石、定火消しのお役をお務めだ」

「その菊乃さまと兄さんは」

「まあ、聞きなさい」

　幸太郎は煙管の煙を直次郎の顔を吹きかけた。直次郎は口を閉ざす。

「あそこでお会いしたのは偶々《たまたま》だ。いいかい、わたしはね、あの船宿には度々通っています。義太夫の稽古にね。船宿の二階から海でも眺めながら義太夫を語るとね、これがいい気晴らしになるんだ。商いの煩《わずら》わしいこともすっと忘れ

ることができてね、いいもんだよ」

　幸太郎は義太夫を一節唸った。たまらず、

「ちょっと、やめてくださいよ」

「おやおや、そんな怖い顔をして。おまえ、下衆《げす》の勘繰《かんぐ》りをしているようだけど、菊乃さまとは何もあるわけないじゃないか。菊乃さまはね、昔、おとっつぁんの脈を見てもらっていたお医者南方奉庵《みなかたほうあん》先生のご息女だったんだ。南方先生は名医と評判で武家屋敷にもお出入りなすっていた。それで、村岡さまに見《み》初《そ》められて嫁《とつ》がれた。そんな縁でね、わたしも何度か顔を合わせたことがある。今日は船宿で久しぶりに会ったから挨拶をしただけさ」

　南方奉庵、直次郎もかすかに記憶はあった。

「では、菊乃さまは船宿で何をしていらしたのです」

「おまえね、そんなことを聞くもんじゃないよ。菊乃さまが何をしておられたか、他人が気を回すようなことじゃないでしょう」

「それは、まあ、そうですけど」

「余計なことに気を遣うことはないよ。そんなことで火盗改のお役目が務まっているのかい」

幸太郎は何時になく語調を乱した。それが、動揺を悟られまいとした結果なのか、痛くもない腹を探られたことへの怒りなのかは判然としない。

「ま、いいさ。あたしは湯に行ってくる」

幸太郎は腰を上げ、そそくさと出て行った。

二

幸太郎がいなくなったのを見計らってお須恵が入って来た。その目は直次郎に無言の問いかけをしている。

「兄さんですが……」

幸太郎が菊乃と浮気をしているのかどうかはわからない。幸太郎は例によって布袋鰻の本領を発揮し、直次郎の追及をいともあっさりと逃れてしまった。どこまでが本当でどこまでが嘘なのかわからない。わからない以上、お須恵に無用の気遣いをさせてはならない。

直次郎は破顔させ、

「姉さん、とんだ勘違いでしたよ」

作り笑顔と思わせないようになるべく自然に頰を綻《ほころ》ばせたつもりだ。

「はあ……」

お須恵は釈然としない様子だが、直次郎の笑顔に引き込まれるように安堵の表情になった。

「兄さんが店を抜けて、姉さんに行方を告げずに出かけたのはね」

直次郎はここで笑い声を上げた。お須恵は黙っている。

「出かけた先は湊稲荷近くの船宿なんですがね、そこで兄さん、一人で義太夫の稽古をしていたんですよ」

「まあ……」

お須恵はきょとんとしている。

「まったく、人騒がせな兄さんです。よりによって義太夫とはね」

「それ、本当ですか」

「本当ですよ」

直次郎は役目の途次、幸太郎を見かけ後をつけ、船宿に入って行ったことを確認した話をした。

「わたしもそれを見た時は、これは兄さん浮気をしているのかと思ったのです。

ところが、しばらくして、とても耳障りな声が聞こえてきました。それはもう、大変な声で。間違いなく兄さんの義太夫とわかりました。それで、先ほど、兄さんに船宿でなにをしていたんだと、問い詰めたのです。そうしましたところ、義太夫の稽古をしたと白状したという次第です。姉さんが見た兄さんのやに下がった顔は、多分船宿の女将から世辞でも言われたのだと思いますよ」

「そんなことだったのですか」

「幽霊の正体見たり枯れ尾花、とは違いますが、わかってみれば他愛もないことでした」

「女房心配するほど亭主もてもせず、ですか」

お須恵も安心したのか軽口を叩いた。

「一安心ですよ」

「直次郎さん、本当にご面倒をおかけしました」

お須恵は両手をついた。

直次郎は後ろめたくてならなかった。

「姉さん、手を上げてください」

「大事なお役目を邪魔するようなことをさせてしまって申し訳なく思います」

「姉さんの気持ちがすっきりすればそれでいいですよ。なんと言っても姉さんあっての布袋屋幸太郎なのですから。布袋屋がしっかりしているということは、わたしも安心して役目に邁進できるというものです」

「ありがとうございます」

お須恵に送られて玄関を出た。夜空にくっきりと半月が浮かんでいた。

「やれやれ」

冴えた月とは裏腹に、直次郎の胸は一向に晴れなかった。それどころか、一層曇るばかりだ。

果たして幸太郎と菊乃の間にはなんのやましい関係もないのだろうか。幸太郎が言ったように下衆の勘繰りというのならそれに越したことはない。

だが、そうでないとすれば……。

相手は直参旗本の妻女だ。もし、不義の関係を持っているとすれば、幸太郎はよほど菊乃に深い愛情を抱いていることになる。布袋鰻とあだ名され、飄々とした生き様をしてきた幸太郎が、一人の女に耽溺《たんでき》するとは想像がつかない。

しかし、男と女の仲だ。

絶対にあり得ない話ではないのだ。そうであれば、今の内に手を引かせなければ。

菊乃とて夫村岡右兵衛助に知られれば、ただではすむまい。布袋屋にも災いが及ぶことになりかねない。不義密通、ましてや相手が武家となれば幸太郎は無事ではすまないのだ。根は生まじめな幸太郎のことだ。よもや布袋屋を潰すようなことはすまいと思うが……。

「兄さん、どうしたんだ」

誰もいない闇に向かって直次郎は声を放った。

遠くで犬の遠吠えが聞こえた。

明くる十日の朝、またしても与力同心が大広間に集められた。

望月が一同を見回し、

「悪い報せが入った。一同、心して聞け」

自然と直次郎も背筋が伸びる。

「上方及び東海道の宿場を荒し回った盗人《ぬすっと》、外道《げどう》の弥太郎《やたろう》一味が江戸に入ったそうじゃ」

大広間がどよめいた。

「その通称通り、押し入った先の家族や奉公人、年寄りだろうが、女だろうが子供だろうが手当たり次第に命を奪う、まさしく外道の如き連中だ」

直次郎は思わず唇を噛んだ。

「火付けを繰り返す八百屋お八といい、我らはよほど心して事に当たらねばならんぞ」

「はい」

みな、力強く答える。

「そこでだ。今後、八百屋お八と外道の弥太郎一味を追う者を分ける」

望月は一同を見回した。

「お八は西村」

これまでの探索の実績からお八探索には西村以下二十人、弥太郎探索には直次郎の他二十人が当たることになった。

「勿論、分けると申しても探索は生き物じゃ。臨機応変に致せ。お八の掛《かかり》も弥太郎の掛も掛に拘《こだわ》ることはない。よいな」

「おお！」

誰からともなく雄叫《おたけ》びが上がった。直次郎の横には藪中音吉の姿もある。

「ならば、みなの者、励め。但し、決して手柄を立てようとか功名心に駆られた行いをすることはならん。少しでも耳にしたことは逐一報告を欠かさず、お互いに共通のものとするのじゃ。西村よいな」

望月に名指しにされ西村は顔を真っ赤にし、

「わかっております」

「しかとだぞ」

「むろんです」

「くどいようじゃが、便宜上二手に分けはしたが、なにも、お互いそれだけを追っておるわけではない。お八、弥太郎に関することで聞き込んだことは全て明らかにせよ」

「はい」

直次郎はひときわ大きな声を出した。それは妙に浮いて大広間に響き渡った。

「商人が客に礼を言っているようだな」

西村に皮肉を浴びせられ直次郎はむっとしたが、口には出さず気を引き締め探索に向かうことにした。

すると、背後から、

「桐生、ちょっと」

と、いうかすれた声がする。振り返ると藪中の陰気な顔があった。

「いかがされた」

「申しにくいことなのだが」

藪中は口をもごもごとさせている。

「ならば、昨日の茶店でお待ち申します」

直次郎はそっと告げると足早に廊下を歩いた。

「行ってらっしゃいませ」

お累の声がした。

手拭いを姉さん被りにし、廊下を雑巾掛けしている。冷水に浸した両手は真っ赤で賢明に掃除するその姿はけなげであった。

「行ってくる」

自然と優しい口調で返し、先を急いだ。

茶店で待つと藪中がやって来た。藪中は俯き加減に縁台に腰かけると、

「すまんな」

と、頭を下げる。

「お話とは何でしょう」

「それがお恥ずかしい話なのだ」

「もちろん、他言はしません。お話しくだされ」

　藪中は茶で喉を湿らしながら、

「実は、息子が患《わずら》っておって、多少の物入りとなった。桐生の実家布袋屋殿で多少の融通を願いたいのだ」

「そんなことですか」

　直次郎は藪中の気持ちを和らげようとあっけらかんと返した。

「お願いできるか」

「もちろんです」

「紹介状を書いてくれるとありがたいのだが……」

「紹介状など不要です。兄をお訪ねくだされば、兄のことです、藪中さんを粗略にはしません」

　粗略にしないどころか、幸太郎ならば気前よく貸し与えるはずだ。しかも、金利なし、催促なし、証文も取らないという対応をする。これまでにも、直次郎のことを思い、幸太郎なりに火盗改には過剰なまでの心遣いをしてくれている。直次郎は抗議をしたのだが、「金ですむことなら構わない」と、幸太郎は一向に取り合ってくれない。そんな幸太郎が藪中の頼みを断るはずがなかった。

それでも藪中の心細そうな顔を見ていると、

「もし、よろしかったら今日にでも同道しましょうか」

藪中は顔を明るくし、

「甘えるようで申し訳ないが、そうしてくれたらありがたい」

「お任せください」

「かたじけない」

「それででございましたか」

「何がだ」

「このところ、藪中さんが元気がないご様子でございましたので」

「それはまあ」

藪中の息子は先月から患い、医師から高価な薬を処方されているという。

「では、夕刻ということで」

直次郎は腰を上げた。

三

直次郎は馬喰《ばくろ》町にやって来た。馬喰町は多数の旅人宿が軒を連ねている。外道の弥太郎一味が何人いて首領の弥太郎がどんな男なのか、ほとんどわかっていない。殺された亡骸《なきがら》を検《あらた》めてみてわかっていることは、一味の中に侍が紛れているらしいということだ。盗人一味に加わる主《あるじ》取りの侍などいるはずはないことから浪人者と思われる。

これまで、一件当たり最大で十二人が殺された。このことから、一味は十人から二十人はいるだろうとの見当がつけられている。それだけの人数が一度に移動するはずはないから、各々、旅支度をして行商人などに扮《ふん》して江戸に入ったと推量された。

その中から目につく者といえば、やはり浪人者だろう。浪人者で旅籠に宿泊をしている者に目をつけようと直次郎は思い立ったのである。

旅籠を一軒一軒訪《たず》ね、宿帳を照会して浪人者に会った。特に不審な者はいない。道中手形も確かなようだ。その中で、直次郎の関心を引いたのは三軒目の宿屋梅屋《うめや》に逗留している侍だった。

直次郎はその侍佐々木次郎三郎《ささきじろさぶろう》に面談を申し込んだ。

「失礼致す」

直次郎は言うと部屋に入った。佐々木は薄汚れた袷に筋の消えた袴《はかま》を着き、月代《さかやき》は伸び、髭面《ひげづら》という浪人を絵に描いたような男だった。歳の頃、三十半《は》ばといったところか。

佐々木は腕枕で横になっていたが、さもめんどくさそうに起き、目をしょぼしょぼとさせた。

「お休みのところ、畏《おそ》れ入る。拙者火盗改桐生直次郎と申す」

直次郎が素性を名乗っても佐々木は無反応だ。

「貴殿、播州《ばんしゅう》浪人ということでござるが、江戸へは何をしにまいられた」

「何とて」

言いながら佐々木は大きく口を開けあくびをした。

「何をしにまいられた」

もう一度問いを重ねる。

「特に用はござらん。流れて来たのでござるよ。それより、火盗改の同心殿が拙者に何用でござる」

佐々木はふてぶてしくも袷の袖を捲《まく》り二の腕を掻いた。

「江戸に外道の弥太郎と申す盗人一味が出没したのでござる。上方から東海道の宿場を荒らしながら、江戸に入ったのでござる。それで、宿を一軒、一軒、当たっておる次第」

「まさか、わしがその盗人一味に加わっておるとお疑いか」

佐々木は不機嫌に顔を歪《ゆが》めた。

「そうではござらん。貴殿、東海道を西から来られたのであろう」

「いかにも」

「では、西国から江戸にかけて、街道筋で噂をお聞きになられたのではないか。外道の弥太郎という盗人一味のことを」

「いかにも、名前だけは。その名の通り外道の如く振る舞う連中であると聞いておる」

「失礼ながら、この宿には多額の旅籠賃を既に入れておられるとか」

「いかにも。この風体ですからな。宿の主を安心させてやろうと前渡しをした次第」

「それは殊勝なお心がけ。よくぞ、二両ものお金を渡されたもの」

「金回りのことをお疑いか」

「差し支えなければお聞かせください。失礼ながら、二両はいかにして工面された」

直次郎はここは引いてはならじと目元を厳しくした。佐々木の大刀の位置を確認する。大刀は床の間に立てかけてあった。佐々木が大刀に手をかける前に直次郎が右に置いた大刀を掴む余裕はある。

「博打《ばくち》でござるよ。川崎《かわさき》の宿で博打をやりましてな、これが運よくしこたま儲《もう》けた次第。と、申してもほんの十両ばかりですがな」

佐々木は巾着を前に置いた。ずしりとした膨らみがある。

「なるほど、博打。で、江戸へは流れて来られたと申されたが」

「命の洗濯、久しぶりにうまい酒と女の柔肌が恋しくなった次第。で、合わせてどこかに用心棒の口でもないかと思いましてな。道すがら、今、江戸は物騒な連中が跋扈《ばっこ》しておると聞きました。火付けやら貴殿が申された盗人やら。それなら、拙者も多少の役には立つかもしれんと、しばらく腰を据えようと思ったのでござるよ」

佐々木はうれしそうに笑った。

「それで、用心棒の口は見つかったのでござるか」

「今、口入屋やこの宿の主に声をかけてもらっておるところでござる」

「腕には自信がおありのようだ」

「多少は」

「お邪魔を致した」

直次郎はひとまず腰を上げた。

「ご苦労でござる」

「では」

直次郎は今後も佐々木に注意を向けようと思った。

夕刻、藪中と待ち合わせて布袋屋に向かった。

「すまぬ」

藪中は何度も詫びる。

「それはおっしゃらないでください。わたしが請け負ったのですから」

「それはそうだが」

藪中は承知した途端に礼を述べる始末である。直次郎はそれ以上は語ろうとはせずに足を速めた。道々、

「今日、何か成果があったか」

藪中は聞いてくる。

「馬喰町の旅人宿に聞き込みをしてまいりました。そこで目をつけた浪人がおります」

直次郎は一部始終を語った。

「さすが桐生じゃ。手柄を立てるだけのことはある」

藪中は成果が上がらなかったことを暗い顔で呟《つぶや》いた。

「明日から気兼ねなく役目に邁進できるのですから、きっと何か手がかりが摑めますよ」

「そうだな。そうせねば……」

藪中は己を奮い立たせるように言ったが、布袋屋に至ると声が小さくなった。

直次郎は裏手に回った。裏木戸から庭に入ったところで、お須恵が出て来た。

「おや、直次郎さん」

「姉さん、兄さんを呼んでください」

お須恵はちらりと藪中に視線を向けた。直次郎は藪中を紹介した。お須恵は頭を下げ、

「それがね」

と、直次郎の耳元に口を寄せた。

「あの人、また、義太夫の稽古に行ったのですよ」

藪中を気にしてか恥ずかしそうだ。直次郎は複雑な気持ちにとらわれながら、

「船宿ですね」

「多分そうだと思います」

「では、行ってみます」

「わたしが呼びに行ってまいります。直次郎さんはお客さまと居間でお待ちください。船宿は鉄砲洲のどちらですか」

――いかん――

万が一、幸太郎が義太夫ではなく菊乃との逢瀬を楽しんでいるとしたら、お須恵に行かせてはならない。

「いや、わたしが行ってきます」

「せっかくお客さまがいらしたのですたから」

「急ぎますゆえ、藪中さんと一緒にこれから行きます」

直次郎は藪中を見た。藪中が反対するはずはなく、

「そうですな、まいりましょうか」

「よろしいのですか」

お須恵は気遣ってくれる。

「大丈夫ですよ」

行かれては困るという気持ちを胸に仕舞い込みながら、直次郎は藪中を伴い家を出た。

店の裏手を楓川《もみじがわ》に向かって歩き、松幡橋《まつはたばし》を渡って左手に折れると八丁堀に向かって進み、八丁堀に行き当たったところで左手に折れ、鉄砲洲に向かって行く。鉄砲洲が近づくにつれ海風が吹き、直次郎も藪中も身を震わせ無言になった。二人の白い息だけが流れては消えてゆく。それでも、湊稲荷が見えると直次郎は元気に、

「この先です」

「なにやら、すっかり迷惑をおかけしてしまったな」

「それはもう言わないでください。兄の前でも堂々としていてくださいね。何

も悪いことをするわけではないのですから。わたしが話をしますから、藪中さんはどんと構えていらしてくださいよ」

「しかし、そういうわけには」

「いいえ、お願いします」

　藪中の気弱な態度につい釘を刺すような言い方をしてしまう。八丁堀に架かる稲荷橋を渡ると湊稲荷に至った。

「さあ、ここです」

　直次郎は湊稲荷を通り過ぎ鉄砲洲の船宿の近くにやって来た。幸太郎が菊乃と逢瀬を楽しんでいるのではないかという危惧が胸によぎる。そんなところに藪中を連れて行くわけにはいかない。そう思うと足を止め、

「少々、お待ちくだされ。兄がいるか確かめてまいります」

　湊稲荷の鳥居で藪中を待たせて船宿に向かう。どうか一人でいてくれと願う。もし菊乃と一緒なら、幸太郎はいないと藪中を欺《あざむ》かねばならない。そうなれば、藪中への金子の融通はどうすればいいか。

　などと考えながら船宿の門口に立った。二階から、

「ととさまあ〜」

と、耳障りな声が聞こえてくる。

まごうことなき幸太郎だ。幸太郎のひどい義太夫を今日ほど聞けて良かったと思うことはない。船宿はさぞや迷惑だろうと中に入ると、女将らしき女に迎えられた。

「二階にいる布袋屋幸太郎に用がある。上がらせてもらうぞ」

「ちょっと確かめてまいりますので、お待ちください」

女将が止めるのも聞かず直次郎は階段を登り、声のする部屋の襖を開けた。

すると、幸太郎と横に年増の女がいる。

四

幸太郎は年増女の三味線に合わせ義太夫を気持ち良さそうに唸っていた。直次郎の顔が視界に入ると、口をあんぐりとさせ、

「なんだい」

「稽古中すみませんが」

直次郎はちらりと女に視線を送る。女は直次郎を見てにっこり微笑《ほほえ》むと、

「御免なさい」

と、腰を上げた。それを幸太郎が、

「いいよ、弟だから」

と、引き止めたが直次郎が怖い顔をしたものだから、

「またね」

愛想笑いを浮かべ出て行った。

「どうしたんだい。こんな所にまで押しかけて」

「今の女、何者ですか」

直次郎は頭に血が上り、藪中の用件も忘れて問い質《ただ》してしまった。

「何者って、見てわからないか」

「わからないから聞いているんですよ」

「柳橋の芸者だよ。寄り合いで知り合ってね、あたしの義太夫を熱心に聞いてくれるんだ。三味線なんかも得意だからね。多少の小遣いを渡して稽古に付き合ってもらっているのさ」

「昨日は一人でやっているって言ってたじゃありませんか」

「そんなこと言ってないさ」

「言いました」

「そうだったかね」

幸太郎は布袋鰻の本領を発揮しすっ呆《とぼ》けて見せた。

「そうだったかね、じゃないです」

直次郎は一歩も引かないとばかりに詰め寄る。

「どうした、そんな怖い顔をして。まるで浮気の現場を押さえたようじゃないか」

「押さえました」

「馬鹿なことお言いでないよ。わたしとお邦《くに》とはなんでもないさ」

幸太郎は鼻で笑った。

「お邦だかなんだか知りませんが、よくもそうしゃあしゃあと言ってくれますね」

「しゃあしゃあと言っているつもりはないさ。それは、おまえの受け止め方だ」

「手を切ってくださいね」

「はあ」

「手を切ってくださいとお願いしているんです」

「だから、そんな間柄なんかではないと言ってるじゃないか」

幸太郎は顔をしかめた。

「李下《りか》に冠《かんむり》を正さず、です。こんな所で夕暮れになって男と女が二人きりでいること自体、たとえそうでなくても疑われるのは当然です。そんなことを布袋屋の主たる者がすべきではないと言っているんです」

「おまえ、お武家さまになってずいぶんと偉くなったもんだね。兄のわたしに意見しようって言うのかい」

「黙ってはいられません」

「今時の商人はね、習い事の一つくらい嗜《たしな》むものなんだよ」

「浮気も商人の嗜みだと言うのですか」

「しつこいね、おまえも。だから、浮気じゃないと言っているじゃないか」

「浮気じゃないとしても、疑わしきことはやめるべきです」

「おまえ、案外と頑固だね。そうだ、おまえ、幼い頃、どうしても蜜柑《みかん》が食べたいと親父を困らせたことがあったよ。時節は夏だった。蜜柑なんかあるわけないのに、毎日、蜜柑が食べたいって聞かなかった。おかげで茂蔵は大そう苦労して蜜柑を買い求めてきた。一度、言い出したら聞かないんだから。そんなところ、変わってないね」

「そんなこと知りませんよ」

「忘れたのかい」

「覚えがありません」

直次郎は記憶を辿るように視線を彷徨《さまよ》わせた。

「無理もない、まだ四つかそこらだったから」

幸太郎はおかしそうに笑った。

「そんなことはどうだっていいんです。とにかく、女と二人でこんな所で義太夫の稽古だかなんだか知らないけど過ごすんじゃありませんよ」

「一応、聞いておこうかね」

幸太郎はにんまりとした。

「まったく、困った人だ」

直次郎がため息を吐いたところで、

「ところで、おまえがやって来たのはわたしの浮気の探索かい」

直次郎はきょとんとなり、

「ああ、しまった。そうだ。兄さんに頼みがあるんです。ちょっと、待っててくださいよ」

ようやく藪中のことを思い出し、部屋を飛び出した。階段を降りると女将が、

「大丈夫ですか、なんだか、大きな声が聞こえましたが」

と、心配そうな顔を向けてきた。

「なんでもない。じき戻る」

そう言いながら門口から外に出た。既に日は落ち、辺りは闇が濃くなり始めた。寒風が吹きすさび、大川の荷船に灯された提灯《ちょうちん》が時節外れの蛍《ほたる》のように行き交っている。一目散に湊稲荷まで走り、

「藪中さん」

と呼ばわった。

「桐生か」

夜陰から藪中の声がした。声の方角に走り寄り、

「お待たせし、申し訳ございません」

「なんの、兄上殿は応対してくださるか」

「はい、今、待たせておりますので」

直次郎は藪中を連れて船宿に引き返した。門口を入り、再び階段を上がり部屋に入った。幸太郎は威儀を正し待っていた。その姿は先ほどとは一変し、大店の主の風格を漂わせている。目に力があり、所作には品格さえ感じられた。

床の間の前に座布団が敷かれ、

「どうぞ、こちらにお座りください」

と、丁寧に藪中を導いた。藪中はやや緊張味を帯びながら着席した。

「手前、両替商布袋屋の主で直次郎の兄幸太郎でございます。いつも、弟がお世話になっております」

幸太郎はきびきびとした所作、それでいて丁寧な態度で挨拶をした。藪中も名乗る。それからちらりと直次郎を見た。直次郎は幸太郎に向かって、

「藪中さんはご子息が患われ、多少の金子の融通が必要なのです」

幸太郎は口元に笑みを浮かべ、

「いくらご用立て致しましょう」

藪中は俯き加減に、

「三両ほど」

と、恥じ入るように申し出た。幸太郎は、

「では、五両、ご用立て致しましょう」

と、さらりと言ってのける。

「あ、いや」

藪中が躊躇いを見せると、

「五両、お借りになられよ。気になさるな」

直次郎に言われ、

「では、お言葉に甘えまして」

「失礼ではございますが」

幸太郎は紙入れから小判で五両を取り出し、懐紙で包むと、

「どうぞ、お使いください」

「ありがとうございます」

藪中は両手で受け取る。それから、

「利子と返済の期日なのですが」

「利子は不要でございます。返済は藪中さまにお任せします。証文はいただきませんせん」

幸太郎は嫌味にならないように殊更《ことさら》なんでもないような物言いだ。

「それでは、あまりに身勝手と申すもの」

「いいえ、結構でございます」

「それでは……」

そこへ直次郎が、

「藪中さん、ここは兄の申す通りにしてください」

「しかし」

「いいのですよ」

直次郎に言われ藪中は、

「かたじけない」

と、両手をついた。

「藪中さま、おやめください」

藪中は顔を上げ、

「このご恩は忘れません」

「そんな大袈裟なものではございません」

幸太郎はにっこりした。

「では、帰りましょうか」

直次郎に促され藪中は立った。

「これからも直次郎をよろしくお願い申し上げます」

幸太郎が言った時、半鐘の音がけたたましく鳴った。

「早鐘だ。近いですね」

直次郎は部屋を飛び出した。藪中も表情を引き締める。

第三章　火付けと盗人

一

直次郎と藪中は火事現場に駆けつけようと夜道を急いだ。

「どうやら、南八丁堀ですよ」

「お八の仕業か」

藪中も必死で走る。と、暗がりの中から、

「お助けを」

と、甲走《かんばし》った声がしたが、すぐに半鐘にかき消された。視線を向けると、南八丁堀三丁目の町屋から女が出て来た。女は二人の前に歩いて来ると力尽きてばったりと倒れた。既に息絶えている。道には点々と血の痕《あと》があった。痕を辿《たど》った方を見ると、大戸が閉じられた商家がある。寒月に照らされ、小間物問屋宝珠屋《ほうじゅや》という屋根看板が見えた。

「行きましょう」

直次郎が言うと藪中もうなずき、二人して宝珠屋の裏手に回った。

地獄だった。

母屋の雨戸が破られ、縁側や庭に男女の亡骸《なきがら》が横たわっている。

「押し入られたようだ。このやり口、外道の弥太郎一味の仕業か」

「惨《むご》いですね」

直次郎は言葉につまった。亡骸は男が五体、女が三体だった。それとは別に蔵の前に初老の男の亡骸があった。錠前が外されていることから、

「おそらく、錠を外した後にばっさりとやられたんだな」

藪中は言った。直次郎は遺体を検めながら、

「背中を一刀のもとに斬られていますね。これは、侍の仕業ですね」

「これ、これはなんだ」

「どうしましたか」

「これだ」

藪中は土蔵の引き戸を指差した。紙が貼ってある。寒風に煽《あお》られ寂しげな音を立てていた。直次郎が引き剝《は》がし声を出して読み上げた。

「外道の弥太郎参上。江戸にて初仕事。火盗改でも町奉行所でも捕まえられるなら、捕まえてみろ」

「なんということだ」

藪中は唇を噛んだ。

「弥太郎一味、やはり、江戸に入ったのですね」

直次郎も怒りで全身を震わせ土蔵の中に足を踏み入れる。藪中も続いた。中はがらんとしていた。千両箱や銭函《ぜにばこ》、小間物の痕跡が埃《ほこり》の中に空虚な跡となって残っていた。

「根こそぎ奪っていったようですね」

「奪えるものは金だろうが品物だろうが人の命だろうが、何でもか。まさに外道だ」

藪中は舌打ちをした。

「おっしゃる通りです」

「追いかけよう、まだ、そう遠くへは行っていないはずだ」

「ですが、あの火事騒ぎです」

二人は外に出た。夜空を炎が焦がしている。火事現場は近い。おそらく、南八丁堀一丁目か二丁目だろう。往来は多くの荷車を引いた者たちでごった返していた。とても、後など追えたものではない。

「弥太郎め、うまいことやりやがって」

藪中は我を忘れて怒鳴った。弥太郎一味は奪った金品を荷車に載せ、火事騒ぎで避難する者たちに混じって逃亡しているに違いない。

「火事騒ぎに便乗したとは抜け目のない連中です」

火の具合を見ると、鎮静化に向かっていることが唯一の救いだ。

それを確かめ二人は宝珠屋に戻った。

落ち着いて見れば見るほど無惨な光景である。直次郎と藪中は亡骸の一体、一体を検めた。匕首《あいくち》による刺し傷が多かった。大刀の傷は初老の男ともう一人だけだ。

「侍は一人かもしれませんね」

「仏の傷からしてそうかもしれん」

「誰か、生きていればいいのですが」

直次郎は縁側に上がり、

「誰かいるか」

藪中も、

「火盗改である。賊はおらんぞ。大丈夫だ」

と、声をかける。だが、母屋からも店からも返事はない。二人は用心しながら母屋の中を歩いた。どの部屋も人の影はなかった。ただ、強烈な鉄錆《てつさび》の匂い、すなわち血の濃厚な匂いが立ち込めているばかりである。

無残に殺された者たちの無念の想いが辺りに残っているような気がした。

「どうやら、一旦、広間に集められそこで初老の男、おそらく、主でしょう。主に蔵の錠前を外させ、あとは皆殺しにしたということですね」

「そのようだな」

藪中も同意した。

「弥太郎たちにとっては火事が幸いしたことになります。火事はお八の仕業でしょうか」

「わからん。行ってみるか」

「そうしましょう」

二人は縁側を降りた。

火事現場はそこから二町ほど西に行った南八丁堀二丁目の料理屋だった。火事は既に下火になっていた。火消し作業は火消しと町奉行所が行っていた。だが、現場には西村寛太郎が来ていた。西村は直次郎と藪中を見て、

「おまえらも来たのか。まさか、火事見物ではあるまい」

「それが」

直次郎は近所で外道の弥太郎による押し込みがあったことを話した。西村は大きく顔を歪ませ、

「外道の弥太郎、とうとう姿を現したか」

「ここはお八の仕業ですか」

「まだわからん。多分そうだろう。おそらく、明日になったら、挑戦状を送りつけてくるだろうさ」

西村は悔しげに言った。

「押し込みの現場にはこんな物が残されていたのです」

直次郎は宝珠屋の土蔵の引き戸に貼られた紙を差し出した。西村は引っ手繰《たく》るようにして受け取ると素早く目を通し、

「馬鹿にしおって」

藪中が、

「八百屋お八と外道の弥太郎、気脈を通じているのか」

「どうでしょうな」

西村は素っ気ない。

「偶然にしてはうまい具合になっておる」

藪中の疑念に直次郎は応じ、

「確かにそうですが、決め付けるのはいかにも早計です。弥太郎は上方から東海道を東に向かって来ました。お八はあくまで江戸での活動が専らです」

「おれも、決め付けるのはよくないと思う」

日頃、直次郎を敵対視する西村だが、この時ばかりは賛成を示した。

「もっともだ」

藪中も賛同をした。

「だが、弥太郎にとって火事騒ぎが幸いしたことは確かだ。これからは、気脈を通じていることも念頭に探索に身を入れないといけないだろうな」

西村は考え考え言うと、もう一度弥太郎が残した挑戦状をしげしげと眺めた。

「いかがされましたか」

直次郎が聞くと、

「ややこしいことになるかもしれんな」

西村は皮肉げに口を曲げた。

「どうしたのですか」

「町方だ」

西村は、弥太郎が火盗改と町奉行所に対し挑戦状を突きつけていることを指摘した。

「弥太郎一味が町方の威信も傷つけたことだ。ここ南八丁堀は町方の与力同心の組屋敷の目と鼻の先だ。いわば、お膝元を荒らされたことになる」

「お互い協力し合って追わなければいけませんな」

西村は鼻で笑い、

「まったく、これだから分限者の息子はいいよ。よいお育ちをしている。そんなことができるものか」

「できませぬか」

「そら、御奉行とお頭は表立っては協力を誓い合うさ。その上、お互い協力し合うよう我らにも下達されるに違いない。しかし、町方と火盗改ではお互い競い合う仲だ。協力どころではない。お互い、相手を出し抜こうと必死になるに決まっている」

「そんなことをすれば、喜ぶのは弥太郎一味です」

「弥太郎もそれが狙いでこんな挑戦状を残したに違いない」

西村は吐き捨てた。

「狡猾《こうかつ》な連中だな」

藪中が言った。

「手強《てごわ》そうですね」

「馬鹿、弱気になってどうする」

とは西村である。

「これから、益々、我らの真価が試されますね」

「心して当たらねばな」

西村は踵《きびす》を返した。

「藪中さん、手柄を立てましょうぞ」

「わしも勝負どころだ。兄上殿に金子を融通していただき、これで、後顧《こうこ》の憂いもなくなった」

藪中は誓うように夜空を見上げた。今夜の悲惨な出来事には不似合いな満天の星が瞬《またた》いていた。

二

直次郎は藪中と西村と別れてから組屋敷に戻ろうと思ったが、

「ひょっとして」

馬喰町の旅人宿に逗留している浪人佐々木次郎三郎のことが思い出された。そう思うとこうしてはいられない。直次郎は犬に吠えかかられ、冷たい風に逆らうように夜道を駆けに駆けた。

四半時後、直次郎は旅人宿に着いた。当然、大戸は閉められている。森閑とした闇の中におぼめく宿は、直次郎の疑問には何も答えてくれない。佐々木に話を聞くには主を叩き起こさねばならない。

大戸を叩こうとした。

すると、暗がりの中から男が歩いて来る。佐々木次郎三郎だ。佐々木は立ち止まり、すぐに直次郎に気づいた。

「これは、火盗改の桐生殿であったな」

佐々木は酒の匂いがした。口には爪楊枝をくわえている。

「佐々木殿、お出かけであったか」

「いかにも」

佐々木は口にくわえていた爪楊枝をぷいと路上に吐いた。

「失礼ながらどちらに行かれておった」

「盛り場を冷やかし、賭場で博打を打ち酒を飲んでおった。それがどうかしたのか」

佐々木はにやりとした。そのふてぶてしい態度は小憎らしいほどだ。

「今から半時から一時ほど前、どこにおられた」

「どういうことでござる」

佐々木の声が厳しくなった。

「どちらにおられた」

直次郎はここで引いてはならじと詰め寄った。

「一人で両国西小路《りょうごくにしこうじ》あたりで酒を飲んでおった」

「そのことを証言する者はおりますか」

「さて、江戸に来て日は浅い。あいにくと顔見知りはおりませんのでな」

「では、畏れ入るが腰の物を拝見できませぬか」

「拙者の刀をか」

「いかにも、拝見させてくだされ」

「どういうことでござる」

「もちろん、無礼は承知だ。だが、どうしても見たい」

「こんな浪浪の身をかこつわしだが、刀は武士の魂。それをこのような往来でいきなり見せよとはいかにもぶしつけではないか」

「無礼は承知です」

「何故だ」

「半時から一時ほど前、南八丁堀で押し込みがあった。昨日話した、外道の弥太郎一味の仕業だ」

　直次郎は物言いを改めた。こうなったら、はっきりさせたほうがいい。

「それと、わしとどう関係がある。まさか、わしがその盗人どもと関わりがあるとでも申すか」

佐々木の口調も変わっている。直次郎は威儀を正し、

「拝見させていただきたい」

佐々木は不敵な笑みを浮かべ、

「ならば、力ずくで見たらよいだろう」

「そう言われるか」

直次郎は佐々木と間合いを取った。佐々木はすり足で寄って来る。直次郎は大刀の柄に右手をかけた。佐々木は小走りとなった。直次郎の胸が高鳴った。

が、佐々木は直次郎の横をすり抜けると哄笑《こうしょう》を放ち、

「いかになんでも、火盗改殿相手に刀を抜く気はない」

寒空に佐々木の笑い声が不気味に響き渡ると、佐々木は振り向き様に大刀を抜いた。抜き身が閃光のように走り、直次郎は己が油断を悔いたが、刃は直次郎ではなく旅籠の脇に置かれた天水桶に向けられていた。

佐々木の一撃は凄まじく、天水桶の樽は真っ二つに切り裂かれ、桶は崩れ水が流れた。

鮮やかな手並みだった。

直次郎に向けられていたとしたら、かわすことができただろうか。自分も天

水桶のように真っ二つにされてしまったのではないかと思い、全身に鳥肌が立った。

佐々木は抜き身を翳《かざ》した。月光に鈍い煌《きらめ》きを放つ刀に血糊はない。

「ご無礼つかまつった」

直次郎はそう言うしかなかった。

「なんの、これでおわかりいただけましたかな」

佐々木は不敵な笑みを浮かべ刀を鞘に納めた。

血糊の跡がないからといって、佐々木に対する疑惑が晴れたわけではない。しかし、何より、それ以上の証もない。ここは大人しく引き下がる以外しょうがない。

「佐々木殿が凄腕であることがよくわかりました」

「何、大したことはござらん」

佐々木は言うと踵を返した。が、すぐに振り返り、

「外道の弥太郎、早く捕まえてくだされ。でないと、枕を高くして休めませぬ」

その茶化したような物言いは直次郎を嘲《あなど》っているとしか思えなかった。

翌十一日、直次郎は向井庄之助に呼び出された。お衣の小料理屋である。文治も一緒だ。昼四つ半（午前十一時）ということで、客は入れ込みの座敷にまばらだ。行商人風の男が何やら商いの話とか様々な宿場町の噂話に夢中になっている。話の中に外道の弥太郎一味のことが話題となっていることから、宝珠屋の惨劇が思い出され気が重くなった。

三人は小机で向かい合った。庄之助はきりりとした切れ長の目でじっと直次郎を見た。その表情を見ただけで聞き流しにはできない用件と察せられる。

「昨晩、ご苦労だったな」

庄之助は昨晩の弥太郎の押し込みの一件を持ち出した。あれから、藪中が近くの自身番に届けていた。

「まったく、惨いものだった」

「そのようだ」

「弥太郎の奴、ふてぶてしくも火盗改や町奉行所へ挑戦状を残していた」

直次郎が挑戦状の中味を言おうとすると庄之助はそれを遮り、

「奉行所にもきた」

と、眉をしかめた。

「やはりか」

「南町ばかりじゃない。北町にも送られたんだ」

文治も目を剝き、

「なんて奴らだ」

「あんな奴ら、断じて許しておけない」

庄之助の手が震えた。冷静な庄之助らしからぬ取り乱しようだ。弥太郎一味に対する憎悪の念がひしひしと伝わってくる。

「町方も追うのか」

「当然だ。おまえ、心配しているな」

「何を」

「町方と火盗改の縄張り争いが起きることを」

庄之助は表情を緩めた。

「それが奴らの狙いなのではないかと思っているんだ」

「そうさ。きっと、それが狙いに違いない」

庄之助はそれがわかるだけに悔しさひとしおのようである。

「一味の狡猾《こうかつ》さが憎らしい。南町ではどう考えているのだ」

「南町でもいきり立つ者が多い。その結果、火盗改との縄張り争いが激しくなり、お互いぎすぎすする。そんなことはしたくない」

「おれもだ」

直次郎も望むところだ。

「そこでだ、文治を連絡役《つなぎやく》にする」

庄之助は文治を見た。

「連絡役とはどういうことだ」

直次郎も文治を見る。

「お互い、同じ探索しないようにだ」

「縄張り争いにならないようにということか」

「それもあるし、情報交換ということもある」

「よさそうだが、難しいだろうな」

直次郎は思案するように、はす上を見た。

「どうしてだ」

「火盗改も町奉行所もそれぞれの方針によって動く。おれもおまえも各々の組織の意向には逆らうことはできないさ」

「他の連中ならそうだろう。だけど、おれとおまえならそれができるんじゃないか」

庄之助は目元を緩めた。

「そうかもしれん。でもな……」

直次郎は首を捻《ひね》った。

「どうした、おまえなら承知してくれると思ったんだが」

「承知したいさ……」

直次郎は俯《うつむ》いた。自信がない。ただでさえ、同僚から浮いている直次郎だ。もし、庄之助と情報交換をしていることが西村の耳にでも入ったら……。

「同僚たちの目が気になるのだな」

「まあな」

直次郎は言葉に力が入らない。

「おまえの立場を考えれば無理には頼めんな」

「すまん」

「謝ることじゃない。大事なことは一日も早く外道の弥太郎一味をお縄にすることだ。それに、八百屋お八もな」

「南町でもお八のことも問題になっているのか」

「昨晩の火事、南八丁堀で起きた。我らを嘲笑うかのようにな。それに、今朝、お八からも文が届いた」

「どんな文だ。これまでにお八から火盗改に文は届いていた。むろん、今朝もだ」

「それがな、言い辛いが、お八はこう言ってきた。火盗改が捕らえられないのなら町方が捕まえてみな、とな」

悔しさと怒りが胸にこみ上げる。だが、捕らえていないのは事実だ。感情的になることは火盗改の不甲斐無さを示すことになる。

「したがって、お八探索も課せられたというわけだ」

庄之助は直次郎の怒りをそらすかのように自分の肩をぽんぽんと叩いて見せた。それから、

「なら、飯にするか」

庄之助は頬を緩めた。直次郎はお衣を呼んだ。

「なんだか、みんな怖い顔で話しているから近寄りがたかったわ」

「そら、悪かったな。今日は何が美味《うま》い」

庄之助は笑顔を向ける。

「湯豆腐に鱈《たら》を添えたものよ」

「そらいいや、でも、酒が欲しくなりなりますね」

文治が言った。

「一本、つけましょうか」

お衣が微笑んだ。

「いや、これから、働かなきゃいけませんからね」

文治は大袈裟に首を横に二度、三度振った。

三

昼餉を食し直次郎が店から出て行くと、入れ替わるようにして火消しの松五郎が入って来た。背中にろ組と書かれた印半纏に紺色の股引を穿いている。松五郎は庄之助に話があると連絡してきた。文治から昼前にここに来るよう伝えていた。文治が、

「松、こっちだ」

と、手招きをした。

松五郎は庄之助の前に座った。目は血走り、見るからに落ち着きをなくしている。

「どうしたんだ」

「それが」

松五郎は目もうつろだ。お衣が気を利かせ茶を持って来た。文治が、

「まあ、茶でも飲んで落ち着きねえ」

「へえ」

松五郎は茶を一口飲むと心なしか和んだ顔つきとなった。

「どうした」

改めて庄之助が問う。

「おとっつぁんを殺した下手人に繋がる女を見つけたんです」

「本当か」

今度は文治が驚きの声を漏らす。

「間違いないのか」

庄之助が重ねて聞く。

松五郎はしっかりとうなずいた。文治が慌てる様を見て庄之助は制し、声の調子を落として問いかけた。

「その女、何者だ」

「神田司町《かんだつかさ》に住む大工の娘でした。おとっつぁんが女がいたと言い残しましたので、昨晩の火事の現場を注意して見ていたんです。そうしましたら、現場をやたらとうろつく女がおりました」

「野次馬じゃないのか」

文治が横から口を挟んだ。

「いいえ、そうじゃありません。野次馬とは目つきが違いました。野次馬の連中は無責任におっかなびっくり火事を楽しむものですが、女にそんな様子はありませんでした。それに、その女、前にも火事現場で見かけたことがあるんです」

「で、その女どうした」

庄之助の目は座っていた。

「あっしは、女の後をつけまして神田司町の長屋に帰るところを確かめました。

大工の娘でお富《とみ》という娘です。向井さま、これから、一緒に行っていただきたいんです」

松五郎は頭を下げた。

「そうだな、当たってみるか」

庄之助が言うと、

「よし、案内しな」

文治も付け加える。

「なら」

松五郎は腕まくりをした。

「あの、ご飯はどうします」

お衣が声をかけてきた。庄之助は松五郎に視線を向けたが、松五郎の顔は緊張を帯びており、とても食欲はなさそうだった。

「悪いな。こいつは食べてきたようだ」

庄之助は松五郎に代わって答えると、暖簾を潜り表に出た。

「おめえ、昨晩《きのう》、寝ていないんじゃないか」

文治の問いに、松五郎は小さく首を縦に振る。

松五郎は目的地に着くまで無言だった。

松五郎は神田司町の長屋の木戸に立った。

「ここかい」

文治が聞く。

「間違いありません」

松五郎ははっきりとうなずいた。

庄之助はすぐに踏み込むべきか迷う風だったが、

「行くぞ」

とにかく行かなければならないと松五郎を先に立て、木戸を潜り狭い路地を進んで行く。松五郎は中ほどの家の前で立ち止まった。

「ここかい」

文治が聞く。

松五郎はうなずく。破れ障子から中が見えた。娘が着物を繕《つくろ》っている。内職のようだ。横で男が高鼾《たかいびき》をかき横になっている。徳利と茶碗が転がっていることから酔い潰《つぶ》れているようだ。

「あれが親父か」

文治は呆《あき》れたように呟く。庄之助が目で開けるよう促した。

文治は腰高障子を叩きながら、

「御免よ、ちょいと、開けてくれ」

お富が内職の手を止め、土間に降りるのが見えすぐに腰高障子が開けられた。

お富は身形《みなり》から庄之助を八丁堀同心と見、驚いたように口を半開きにした。

「あの……」

言葉が出てこないようだ。

文治が言うと、

「ちょいと、聞きたいことがあるんだが」

「どこかで話はできないか」

庄之助が横から言い足した。

「どのようなことでございましょうか。ひょっとしておとっつぁんが喧嘩でもしましたか」

お富の顔は強張《こわば》っている。それは、惚《とぼ》けているようでもあり、そうではないようにも思える。

「いや、親父のことではない。おまえに聞きたいことがあるのだ。ここでは話はできん。どこかで話そう」

お富は戸惑いながらも表に出て来た。

「では、こちらへ」

お富は先に立ち路地を歩くと木戸に向かった。木戸を出たところで、

「右に行きますとお稲荷さんがあります」

庄之助と文治、それに松五郎も続く。稲荷は小さな神社だった。そこに入ると、

「もう一度申す。今日、訪ねて来たのは親父のことじゃない。おまえに話を聞きたいんだ」

「どのようなことでございましょう」

松五郎は強張った顔で前に乗り出した。庄之助がそれを制し、

「おまえ、昨晩、どこにいた。夜五つ頃だ」

「家におりました」

すぐに松五郎が、

「嘘をつけ」

文治がそれを宥《なだ》める。お富は松五郎の剣幕におろおろし出した。文治が松五郎に黙っているよう言いつけた。松五郎は顔を真っ赤にして何か言いたそうだったが、庄之助の手前口をつぐんだ。

「昨晩、南八丁堀で火事があった。おまえ、そこへ火事見物に出かけたのではないか」

庄之助はあくまで穏やかに聞いた。

「いいえ」

お富は首を横に振る。

「行ってないか」

「はい」

「そいつはおかしいな。おまえを見た者がいるんだ」

「はあ……」

お富は首を傾げるばかりだ。庄之助は松五郎に向いた。松五郎はできるだけ気持ちを落ち着けるようにしているのだろう。生唾を飲み込むと、

「おいら、おめえを見たんだ、この目でな」

と、自分の両目を指差した。お富は夢見るような表情となり、

「そうなのですか」

まるで他人事のようだ。

「惚けるねい！」

その様子に松五郎は堪忍袋の緒が切れたように怒鳴った。お富は表情を変えず、

「わからないのです」

「わからないはずはないだろう」

松五郎は詰め寄った。

「まあ、待て」

庄之助は松五郎の印半纏の袖を摑み、お富に、

「わからないとはどういうことなのだ」

「それが、覚えていないのです」

お富は悲しげな顔になった。

「旦那、番屋にしょっ引いてくださいよ」

松五郎は言う。

「ゆっくりと話を聞くか」

庄之助が言った時、

「あの、もし」

背後で声がした。

振り返ると酔い潰れていた親父である。お富は目を伏せた。

「お役人さま、あっしはお富の父親で猪吉《いのきち》と申します。お役人さまがおいでのようでしたので、気になってまいりました」

猪吉は辞を低くした。

「そうか、実はな」

庄之助が切り出そうとした時、

「火事のことじゃございませんか」

猪吉は問い返した。

「そうだ」

「やっぱり、火事現場に行ったんじゃないか」

すかさず松五郎が口出しをした。文治が、「いいから黙ってろ」と松五郎の脇腹を肘《ひじ》で突いた。

「お富の奴、火事が起きますと、いえ、半鐘の音がけたたましく鳴りますと家を飛び出して行くんです」

　猪吉が語るのを横目にお富は心ここに在らず、といった風だ。

「どういうことなんだ」

「それが……」

　猪吉はお富の母と弟を火事で亡くしたことを語った。

「三月《みつき》前のことでした。あっしの留守中だったんです。幸いお富は火消し人足に助けられましたが、母親と弟は煙に巻かれやして」

　猪吉は言っているうちに悲しみに襲われたのだろう。言葉をつまらせた。

「すると、お富は」

「それからです。半鐘が鳴ると、呆然としながら表に飛び出して行くようになったんです。あっしは、初めの内はどこへ行くのかと気になって追いかけたんです。そうしやすと」

　お富は火事を見ていたという。あたかも母親と弟を探すかのように。

「そんな馬鹿な」

　松五郎は言った。

四

「それが、本当のことなんです」

猪吉は訴えかけた。

「嘘だ、嘘に決まっている」

松五郎はわめき、猪吉の半纏の襟を摑み大きく揺さぶる。

「ふざけたことを言ってるんじゃねえぞ」

「本当のことなんですよ」

猪吉は目を白黒させる。松五郎は猪吉の半纏の襟を摑んだまま強い眼差しで睨みつける。お富が、

「やめてください」

と、猪吉と松五郎の間に入った。

文治も、

「おい、おい、やめとけ」

それでも松五郎は猪吉を責めることをやめないため、庄之助は松五郎の背中

を扇子で打った。ようやく松五郎は襟から手を離した。猪吉は首をさすりながら、

「本当です。お富は気《き》の病《やまい》なんですよ」

「病……。そら確かかい」

猪吉は力なくうなずいた。

文治がどうすべきか庄之助に目で聞いてくる。

「お富、猪吉の言うことがもっともとして、火事現場で何か思い出すことはないか」

お富はじっと考え込んだ。松五郎が、

「頼む、教えてくれ」

今度はお富に訴えかける。

「わたし……」

お富は目を瞑《つむ》り何かを必死で考えているようだ。それから目を開き、

「重吉《じゅうきち》さん」

「重吉さんがどうした」

松五郎は聞く。

「重吉さんがいた」

庄之助は猪吉に視線を向ける。

「重吉というのはお富を火事から助けたに組の火消し人足でして。それが、その時の怪我が元で死んじまったんです。来年の春、祝言を挙げる予定でした。きっと、お富は母親や弟を探し、同時に重吉に会いたくて火事現場に行っているんですよ」

猪吉は搾り出すように言った。松五郎が、

「そういうことだったのか」

と、うなだれた。

庄之助が、

「お富は重吉の幻を求めて、火事現場に引き寄せられているんだな」

「そういうこって」

猪吉が言うと文治が、「哀れなもんだな」と呟いた。しかし、お富は、

「重吉さんは生きてます」

今度はきっぱりと言った。その目は先ほどまでのうつろなものとは違い、力強い光が感じられた。

「おい、いい加減に目を覚ますんだ」

猪吉は宥《なだ》めるようだ。

「いいえ、生きてます。この目で見たんです。火事の現場にいたんです。火消しをしていたんです」

「そんな馬鹿な」

猪吉は悲しげな顔で首を横に振った。お富が、

「本当です」

猪吉は、

「お役人さま、娘はこの有様です。どうか、おわかりください」

庄之助はしばらく考える風だったが、

「わかった。今日のところはこれで帰る」

庄之助が言うと、猪吉は深々と腰を折った。松五郎は迷う風だったか、それでも口をつぐみ庄之助に従った。

稲荷を出たところで、

「お富は重吉の面影を求めて火事現場をうろついているってことですね。そんなことがありえますかね」

文治が聞いてきた。

「ありえねえことはない。気の病だ。問題はそれよりも重吉だな」

「夢や幻とこの世の区別がつかなくなったんじゃありませんかね」

「そうかもしれんが、お富は本当に幻を見ているのかな」

「するってえと重吉は生きているとでもおっしゃるんですか」

「そうは思わんが、お富をして重吉を見たと思わせるような何かがあるのかもしれん」

「と、おっしゃいますと」

松五郎が興味を示した。

庄之助は思案を巡らすようにはす上を向き、

「たとえば、火消し人足に重吉そっくりな男がいるとか」

「なるほど」

文治もうなずく。それから松五郎に、

「心当たりないか」

しかし、松五郎は戸惑うばかりで、

「重吉というのは、に組だったということですね。に組の連中に聞いてみますよ。それと、今、思い出したんですが、おとっつぁんは、火事現場で女を見たということと火消しにやられたと言ってました。ひょっとしてその火消しというのがお富が言っていた男かもしれませんね」

「よし、お富か猪吉に人相を聞いて人相書を作り、念のためそれを持って聞き込みをするか。重吉に似た火消し人足が火付けとどう関わるのか、八百屋お八一味とどう関わるのか、わからないがな」

「この際ですよ。なんでも手がかりになることは、藁《わら》でも摑む必要がありますよ」

文治が言う。

「そうだ、今はとにかく手がかりはそれしかねえ」

「なら、番屋に猪吉とお富を呼びますか」

「そうだな」

庄之助は松五郎に向いて、

「おめえはもういいぜ」

「あっしも一緒に行きてえ」

「いや、おまえは」

「でも、重吉そっくりの火消し人足がに組にいるかどうか確かめなけりゃならないでしょ」

「それはそうだが、それなら夕方お衣の店で待ってな。それまでに、人相書を作って持って行く」

松五郎は尚も行きたそうだったが、

「わかりました」

と、引き下がった。

「まあ、おれたちに任しな」

文治は松五郎の肩を叩いた。

「では、後ほど」

松五郎は頭を下げると素早い動きで踵を返した。

「無念でしょうね」

「親父の仇だと思っているだろうさ」

「それにしても、火消し人足が下手人なんて考えられますかね」

「わからねえ。ただ、言えることは火消し人足なら火事現場にいても不審には思われないってことだ」

「確かに灯台下《もと》暗しですね」

「あまり、考えたくはないがな」

「そうですよ。火消しが火付けなんて、それこそ江戸中の人間は枕を高くして眠ることはできませんや」

「まったくだ」

「なら、猪吉とお富を呼んできますよ」

「頼む」

庄之助は自身番に向かった。ふと、直次郎のことが思い出される。

「直次郎、しゃにむにやっているんだろうな」

そんな言葉が口から漏れた。

第四章　強運の探索

一

直次郎は探索から戻り、山際仙十郎の組屋敷に入った。望月が同心たちを集め報告を行わせている。

「藪中音吉」

望月の厳しい声が響いた。

あまりの強い口調に、大広間は緊張が走りしんとなった。直次郎は藪中の仕事ぶりを非難されるのではないかと危ぶむと同時に、家庭での問題が解決したことにより、藪中の心持ちはずいぶんと変化しているはずだとの安堵の気持ちにもなった。

藪中は膝を進め前に出た。

「おまえ、昨晩どこにおった」

望月は尋問口調である。

「はあ……。その」

藪中は望月の険しい表情に臆しているようだ。

「何処におったのだ」

望月は問いを重ねる。

直次郎は嫌な予感に襲われた。

「あの、南八丁堀で弥太郎一味の押し込みがございましたので、その現場に駆けつけました」

望月はちらりと直次郎を見た。直次郎も声を励まし、

「拙者も望月さんと一緒に現場に急行致しました」

「おまえには聞いておらん」

望月は撥ね除けるような物言いだ。益々、藪中のことが危ぶまれる。

「その前だ。その前に何をしておった」

望月は藪中から視線をそらさない。

「はあ、湊稲荷の周囲を……」

藪中の言葉が濁っていく。

「周囲を何をしておった」

望月は藪中の行いを怠慢と捉えて叱責を加えようというのか。

「それは……」

藪中は直次郎の兄に借金をしようとしたとは言い出せないに違いない。ここは、自分が明らかにすべきか。

――いや――

この場で借金のことを持ち出しては、藪中の恥を晒《さら》すようなものだ。黙っているべきだが、かといって何も言わないというのは藪中を窮地に立たせるようでもある。

「何だ、申せぬか」

望月の声は冷たくなっていた。

「はあ、それが」

藪中はしおれていった。直《ただ》次郎は胸が張り裂ける思いに駆られた。自分があの時、幸太郎の浮気を問い質さなければ、幸太郎ののらりくらりに感情を高ぶらせ浮気を質すことに没頭しなければ、藪中を湊稲荷で待たせることもなかったのだ。

それにしても望月の態度は叱責にしては度が過ぎる。藪中の何を責めようとしているのだろう。どうやら藪中が湊稲荷周辺にいたことを目撃されたようだ。それがどうしたというのだ。夕暮れから夜にあの辺りをうろついていたからといって満座の前で糾弾されることなのか。

藪中はかっと顔を上げ、

「武士の情け、武士の情け、平にご容赦を」

本人はあくまで大真面目なのだが、その大袈裟な様子はいかにも場違いで並み居る四十人もの同心たちの失笑を買った。だが、事情を知る直次郎は笑えるはずはない。望月は怖い顔になり、

「武士の情けとはなんだ」

「ですから、それを申すのは平にご容赦のほどを」

藪中は板敷きに額をこすりつけた。望月は冷ややかな目で、

「外道の弥太郎一味はこれまでに悪事を重ね、それをことごとく成功させてきた。それには各町の役人の協力者がおったということがわかった」

それはみなの驚きの声を誘った。

「お頭に、大坂町奉行所、京都町奉行所、道中奉行、おのおのの調べ書きが届

いた。その結果、奇妙なことに弥太郎一味が荒らしまわった町の同心が命を落としておる。当初は捕縛あるいは探索において犠牲になったものと思われたが、どうもそうではない」

弥太郎一味は同心を抱き込み、探索、捕縛、捕物に関する情報を握り、それによって押し込みを成功させてきたという。

「なんということを」

西村が悔しそうな顔をした。

「それでだ」

望月は冷たい視線を藪中に向ける。藪中は悲壮な顔で、

「わたしが、その協力者だと……」

「おまえが、宝珠屋の裏手をうろついていたのを目撃したという証言が寄せられた」

「ですから、それは、湊稲荷で」

「だから、何をしておったのだ」

藪中は唇《くちびる》を嚙む。

直次郎はこれ以上放置しては藪中が外道一味の協力者扱いにされてしまうと

思い、

「怖れながら」

膝を進めた時、望月がひときわ大きな声で、

「藪中、李下に冠を正さず、じゃ」

藪中は両手をつく。

「おまえが、協力者とは思わん。だがな、こんな時なのだ。八百屋お八の行方も摑めておらん。その上、外道の弥太郎までが我らに挑んできた。みな焦りが生じ、そこへ協力者の話が投げかけられれば疑心暗鬼に駆られるというものじゃ。よいか、人から疑われるようなことはするな」

「申し訳ございません」

「みなも無用な流言に心を惑わされるな。火盗改は心一《こころひとつ》に賊の捕縛に努めねばならん。よいな」

望月は大きな声を残し解散を告げた。一同、複雑な表情となり大広間を出て行った。

直次郎は藪中を捕まえ、

「申し訳ございません。わたしがぐずぐずしておりましたがために、藪中さん

にあらぬ疑いがかかってしまいました」

藪中は力ない笑みを浮かべ、

「わしが撒《ま》いた種さ。桐生のせいではない」

「それは、そうですが。でも」

直次郎は胸のわだかまりがすっきりとしない。藪中は笑みを引っ込め、

「ならば、これにて。あ、そうだ。五両、感謝する」

藪中は肩を落としながら去って行こうとした。

「藪中さん」

堪らず直次郎が引き止めると、

「なんだ」

藪中に落ち込んだ表情のまま問い返された。

「これから、一緒に望月さまのところへ行きましょう」

「何のために」

「藪中さんにかけられた誤解を解くためですよ」

藪中は戸惑いの表情だ。

「解いておかれるべきです」

「いや、それは」

藪中の煮え切らない態度につい強い態度に出る。

「駄目です」

直次郎は藪中の羽織の袖を引いた。

それでも躊躇う藪中を強引に連れ、直次郎は与力用部屋に向かった。途中、お累とすれ違った。お累は二人のただならない様子にあわてて廊下の隅に寄り目を伏せた。言葉をかけてやる余裕はない。そのまま無言で通り過ぎ、奥まった一室にある与力用部屋の前に着くと、

「失礼致します」

挨拶をするとすぐに望月の声が返され、襖を開けた。与力たちが難しい顔で机に向かっている。望月は直次郎と藪中の二人がいることに怪訝の表情を浮かべたが、

「なんじゃ」

と、招き入れた。

「お話がございます」

直次郎は声を低めた。望月はその表情で危機感を募らせたのか、

「こちらへまいれ」

と、隣の控えの間に入った。そこはがらんとした八畳間で、火鉢すら置かれていない。かろうじて行灯の淡い灯りが暗闇に滲んでいるばかりだ。寒さもひとしおだが、感情が高ぶっている直次郎にはさほど気にならない。ところが、

「なんじゃ、改まって」

問う望月の声は寒さで震えが混じっている。

うなだれる藪中を横に、

「先ほどの望月さまが藪中さんを叱責された件です」

「それがどうした」

「あの、くれぐれも、ここだけの話にして頂きたいのです」

直次郎のいつにない厳しい表情に、

「わかった。約束しよう」

望月は軽くうなずいた。直次郎は藪中を一瞥《いちべつ》してから、

「藪中さんが湊稲荷におられたのはわたしがそこで待ってくれるようお願いしたからです」

直次郎は藪中の借金のため幸太郎を訪ねたことを話した。

「そこで、すぐに藪中さんをお連れすればいいものを、わたしが船宿でぐずぐずしておりましたので、藪中さんを無用に待たせることになってしまったのです」

直次郎がそこまで言うと、

「拙者、桐生の兄上へ借財の申し入れをしたのです」

藪中は訥々《とつとつ》と家庭の事情を話した。望月はじっと耳を傾け、藪中が語り終える頃にはずいぶんと和らいだ表情となった。

「事情はわかった」

望月の先ほどとは違う温和な声音を聞く限り、藪中への疑念が取り払われたようだ。

「申し訳ございません」

藪中は両手をつく。

望月はしばらく考え込んでいたが、

「実はのう、はなっから、わしもおまえが弥太郎一味と関わっておるとは思っておらなかった」

二

ぽかんとする二人に向かって、

「おまえを満座の中で問い質すことにより、みなの様子を見ておった」

望月はけろりとしたものだ。

「そうだったのですか」

直次郎は口をあんぐりとさせた。

「たれ込みがあり、藪中が名指しされた。わしはおそらくは藪中を陥れんとするものと思った。ひょっとして火盗改の中に弥太郎一味に籠絡された者がおるやもしれんと考えたのじゃ。あってはならんことじゃがな。それで、様子を窺っておった」

「いかがでございました」

直次郎が聞くと、

「そのような者はおらんかった」

望月はゆっくりと首を横に振った。

「よかったです」

直次郎の素直な感想だ。

「弥太郎一味はこれからも我らを攪乱《かくらん》する挙に出るだろう。だから、我らよほど心してかからねばならん」

「はい」

直次郎と藪中は声を揃える。

「話はわかった。これで帰れ」

「では、これにて」

直次郎が言い、藪中と一緒に表に出た。

二人が表に出たところで、

「桐生、重ね重ねすまぬ。まこと世話になった」

「それより、くれぐれもご子息のこと、お大事になさいませ」

「かたじけない」

安堵して藪中と別れることができた。

月はないが降るような星空である。満天の星空を見上げながら心晴れ晴れとなって自宅へと戻ると、美緒の出迎えを受け居間に入った。

「すぐに、お食事の支度をしますね」

「そうしてくれ」

藪中の疑いが晴れほっとしたせいか空腹を感じた。そこへ、義母の志乃《しの》が入って来た。

直次郎が威儀を正すと、

「楽にしてください。お役目ご苦労さまです」

志乃は穏やかな笑みを浮かべている。

「お勤めはいかがですか」

「なんとか、お父上の名を穢《けが》さないようにと努めておりますが、何せ、力量不足でございますので、はかばかしい手柄を立てられずにおります」

「あなたは懸命にやっておられますよ」

「母上にお褒めに与るとは光栄の至りです」

直次郎は頭を下げた。

「あなたは本当に謙虚ですね。それに一所懸命です」

「どうなすったのです」

志乃の意図を探るように眉根を寄せた。

「死んだ主人のことを思い出したものですから。主人もまじめを絵に描いたような人でした」

志乃は遠くを見るような目をした。

「さぞや、ご立派な火盗改でいらしたのでしょう」

「立派かどうかは他人が評価することです。わたくしからは役目に懸命に取り組んでいたとしか申せません。盗人や火付け騒ぎを聞くと飛び出して行きました。病をおして役目に邁進するあまり、命を落としました」

志乃は言葉をつまらせた。

「聞いたことがございます」

「こんなことを申しては余計なこととは存じますが、どうか、お身体はくれぐれも大切になさってくださいね」

「わかっております」

直次郎は大きくうなずいた。

「いえ、こんなことを申すのはいけませんね。せっかくのあなたのやる気を削《そ》ぐようなことを申してしまいました」

「そんなことはございません。母上はわたしのことを気遣ってくださったのです。心に染みましてございます」

「そう言ってくださるとうれしいです。今、火盗改は大変に凶悪な罪人を追っているとか」

「これまでに相手にしたこともない敵でございます」

志乃の眉間に皺が刻まれた。それが直次郎の身を案じてくれている証と思うと、胸が温かくなった。

「そういう凶悪な者どもを野放しにしておいては、江戸の町人は安心して眠ることはできません。ですからわたしは……」

「ご立派です」

志乃は力強くうなずいた。次いで直次郎に何か言葉をかけたそうだったが、

「お待たせしました」

美緒が食膳を持って来たため口をつぐんだ。

「うまそうだ」

直次郎の好物のにら入りの卵焼きがある。

「どうぞ」

美緒は笑顔を見せた。

「いただきます」

直次郎は箸を取った。

「晩酌はなさいますか」

「いや、やめておく」

腹ぺこだった。飯をかき込みたい衝動に駆られたが、武士たる者、背筋を伸ばし姿勢を崩さずに食べ進めなければならないと、口やかましく言われている。それはわかっているが、今晩は空腹のあまり箸の動きが止まらない。たちまちにして二杯目をお替りする。美緒は非難することもなくうれしそうによそってくれた。

無言のまま食事を終えた。

腹が満ち足りてくると疲れが押し寄せ、自然と瞼《まぶた》が重くなった。

「では、休みます」

志乃に挨拶をして寝間に向かった。既に、床が延べられている。

「母上がいたく心配してくださった」

直次郎は志乃の気遣いを語った。美緒は複雑な表情となり、

「母上はきっと、跡継ぎがいないことを心配なさっているのです」

と、伏し目がちに言った。

「えっ」

冷水を浴びせられたような気がした。

そうだ。

直次郎が命を落としてしまえば桐生家の危機である。そのことを志乃は遠回しに言ったに違いない。それを自分への気遣いと受け取っていたとは、つくづく自分の人の良さに呆れる思いだ。

いや、志乃とて直次郎の身を心配してくれたのは事実だろう。何も、直次郎を桐生家の跡継ぎのためだけに養子入りさせたわけではあるまい。

悪く取ることはないのだ。

「そうだな」

直次郎はつい、沈みがちな声を漏らしてしまった。

「すみません。なんだか、旦那さまに余計な気遣いをさせてしまいましたわね」

「そんなことはないさ」

「今、難しい一件を追っておられるのですよね。評判となっている火付けと盗人でございましょ」

「そうだ」

返事をする声にあくびが混じってしまった。

「いや、すまん。つい」

「お疲れなのですね」

「まあ、今日はな」

美緒は布団の上に正座をし、

「こんなことを申しては火盗改の家内としては風上にも置けないかもしれませんが、わたしは旦那さまのご無事を祈っております」

と、三つ指をついた。

「ありがとう」

美緒も跡継ぎを考えてのことなのだろうかという考えが過《よぎ》ったが、それは邪推というものだろう。

「では、休む」

直次郎はごろんと横になった。横になると同時に瞼を閉じる。時を置かずして睡魔が襲ってきた。

明くる十二日の朝、直次郎が出仕をすると藪中の姿はなかった。なんとなく、ぼんやりとした不安に駆られた。大広間の前の縁側に望月が通りかかったため、

「藪中さん、いかがされたのですか」

「もう、出て行った。探索に出向いたのだろう。おまえも、ぼけぼけとしておれんぞ。とにかく、一日も早くお八と弥太郎を捕縛せねばならん。早く探索に行け」

とんだ藪蛇になったもんだ。直次郎は急いで探索に向かった。

三

直次郎は盛り場に探索の足を向けることにし、その手始めに両国西小路にやって来た。低くたれ込めた鉛色の空の下、葦簾《よしずば》張りの茶店や床見世《とこみせ》、菰掛《こもが》けの見世物小屋が並んでいる。大勢の人間でごった返す中、直次郎は周囲に目を配りながら雑踏の中を縫うようにして歩いた。

すると、

「ああ」

直次郎の口から驚きの声が漏れた。

幸太郎が歩いている。黒紋付の背中に金糸で描かれた布袋さまは、人込みの中にあってもいやでも目に付いた。

「どこへ行くんだ」

独《ひと》り言が多くなる。

幸太郎は茶店に入って行った。

――まさか――

浮気であろうか。

直次郎も続いた。

幸太郎は奥の小座敷に上がった。襖が閉じられたため中を窺《うかが》うことはできない。直次郎は入れ込みの座敷に上がり、様子を窺った。茶を頼むと、

――いかん――

今はお役目中だ。私用を優先してはならない。そんな思いが胸に込み上げ、小座敷の襖から視線をそらそうとした。しかし、そう思えば思うほど気になっ

てしまう。

「あの、いかがされました」

ぼっとしているところを女中に注意された。

己を諌《いさ》め気持ちを切り替えようとした時、女中が小座敷の襖を開けた。視線を向けると部屋の中を見通せた。

幸太郎ともう一人女がいる。女は御高祖頭巾を被っているがまごうことなき旗本村岡右兵衛助の妻女菊乃である。自分が女との逢瀬をしているわけではないが胸が高鳴ってしまった。

幸太郎と菊乃の間に紫の袱紗《ふくさ》包《づつ》みが置かれている。金子に違いない。菊乃は女中が入って来ると、あわてて袱紗包みを着物の袂《たもと》に入れた。

直次郎は顔をそむけ、二人の視界に入らないように人の陰に移動する。女中が出て行くと同時に襖が閉じられた。幸太郎は菊乃に金を渡した。まとまった金のようだ。

一体、何で金を。

菊乃の夫村岡右兵衛助は定火消しを務めている。石高は千石ながら大勢の火消し人足を寝泊りさせ暮らしは楽ではないのかもしれない。暮らしの費《つい》えかもしれないが、猟官運動《りょうかんうんどう》ということも十分に考えられる。菊乃は幸太郎を頼って金を借りたというわけだ。

やがて幸太郎が出て来た。今のことを問い質そうか。だが、事を荒立てるというのも憚《はばか》られる。

菊乃が出て来た。

直次郎は一瞬の躊躇の後、菊乃の後を追うことにした。菊乃は茶店を出ると両国の雑踏の中に身を投じる。直次郎も追いかける。

菊乃は西小路を抜け両国橋を渡って行く。川風が吹き渡り、海風も混じっている。強い風に逆らうように菊乃は真っ直ぐ前を向き足早に行く。両国橋を渡りきったところで町駕籠を呼び止めた。

菊乃を乗せた駕籠は進路を南に取った。駕籠に負けまいと小走りに尾けている内に、冬のどんよりとした天気でも次第に身体がぽかぽかとしてきた。駕籠は小気味よく進み、竪川《たてかわ》を渡り深川に向かった。何処へ行くのかはわからないが、村岡の屋敷とは全く方向が違う。

駕籠が南下するに従い潮の匂いも強くなる。小名木川《おなぎがわ》を渡ると駕籠は速度を増し、仙台堀《せんだいぼり》に至った。仙台堀を右手に折れ、堀に沿って進む。しばらく進み三十間川《さんじつけんがわ》に突き当たった。右手に木場《きば》が見えてくる。果たして駕籠は要橋《かなめばし》を渡った。

木場である。

江戸は火事が多い。火事が起きると当然材木の需要が起こる。江戸幕府開設当初、材木商は八重州に店を構えていたが江戸の町が大きくなるにつれ火事の温床となり、幕府は何度も材木置き場を移転させ最終的に元禄《げんろく》十四年（一七〇一）に十五の材木問屋が幕府から深川の南に土地を買い受け材木市場を開いた。これが木場である。

四方に土手が設けられ、縦横に六条の掘割と橋が作られた。一帯には材木問屋が店や贅《ぜい》を尽くした屋敷を構え威容を誇っている。

潮風の匂いに材木の香りが混じる。菊乃は木場の木材問屋木曾屋《きそや》に入って行った。

「材木問屋に何の用だ」

直次郎は首を捻る。

捻りながらも店の裏手に回った。裏は生垣が巡らされた広い庭になっていた。立派な枝ぶりの松が池の周囲に植えられ、築山や石灯籠も置かれている。ちょっとした高級料理屋といった趣《おもむき》だ。母屋は材木問屋だけあって檜造りという贅沢さだ。菊乃は玄関を入り、縁側に出て庭に面した居間に入った。

直次郎は生垣の陰に身を潜め様子を窺った。菊乃が大金を手に村岡の屋敷に向かわず木場の材木問屋にやって来たということは、それなりの理由があるはずである。まさか、村岡が木曾屋から借金をしていたとは思えない。

ならば、一体どういうことだ。

そして、幸太郎はこのことを知っているのか。

様々な疑念が胸に渦巻く。

すると、俄《にわか》に騒々しくなった。店の主と思われる初老の男が立派な身形の武家と一緒に縁側を歩いて来る。

ぴんときた。

菊乃はこの武士に用があるに違いない。辺りを見回した。庭に人影はない。

「よし」

直次郎は潜入しようと思った。木々に身を隠しながら庭を横切ると、母屋の縁の下に身を潜らせる。蜘蛛《くも》の巣を掃《はら》いながら芋虫《いもむし》のように進む。頭上が賑やかになった。

「では、わたくしはひとまず出ております」

初老の男が部屋を出て行く気配がした。襖が閉じられると菊乃の声がした。

「本日は、わざわざお越しくださいましてまことにありがとうございます」

菊乃の声は神妙で緊張を帯びている。

「うむ」

男は威厳を滲ませるように低くて太い声を出した。

「本庄《ほんじょう》さま」

菊乃の声から男が本庄という苗字とわかった。菊乃が醸し出す気配により、金子が渡されたとわかった。

「では、念のため」

本庄は袱紗包みを開いたようだ。菊乃は沈黙を守っている。

「確かに二百両」

本庄は言った。

幸太郎は二百両もの大金を用立てたということか。幸太郎の菊乃への情愛の深さが伝わってくる。

菊乃は、

「本庄さま、主人の件ですが」

と、いかにも遠慮がちに問いかけた。

「ふむ」

本庄は鷹揚な声音である。

「何卒、よしなにお願い申し上げます」

「まあ、任せておけ」

本庄は答えた。

「くれぐれもよろしくお願い申し上げます」

菊乃の声には悲壮なものが漂っていた。

「ああ」

本庄が言うと、畳越しに衣擦れの音がした。

「あ、あの」

菊乃の声が上ずった。

「よいではないか」

本庄の声はいかにも下卑《げび》たものになった。見なくても情景が思い浮かぶ。本庄は菊乃に言い寄っているのだろう。それで庭に人影がないということか。

木曾屋の主人は本庄の魂胆を知っていて奉公人を遠ざけているに違いない。

「おやめください」

菊乃は悲痛な声を出し抗《あらが》っている。

「まあ、そう言わず。初めてではないではないか。そなたとてわかっておってまいったのであろう」

本庄は恥も外聞もなく菊乃に迫った。幸太郎との関係がどのようなものかはわからない。また、本庄という男が何者かも知らない。きっと、それなりの地位にある男なのだろう。

しかし、己が地位を利用し、相手の弱味につけ込んで他人の妻女の身体の自由を奪うなどということは武士として、いや、男として許されることではない。

直次郎の正義感が激しく反応した。縁の下から、

「火事だ!」

と、大声で叫んだ。

本庄の動きが止まった。

「火事だぞ!」

もう一度叫ぶと、あちらこちらから奉公人たちの声や足音が近づいて来た。

襖が開けられる音がした。

ひときわ慌しい足音が近づいたと思うと、

「勘兵衛《かんべえ》、なんじゃ、この騒ぎは」

縁側に出た本庄が呼ばわった。勘兵衛というのが木曽屋の主の名前のようだ。

「どこかで火事のようでございます」

「それにしては半鐘が鳴っておらんようだが」

本庄はいぶかしむ。

「今、確かめてまいりますので」

勘兵衛が答える。

「くれぐれも、よしなにお願い申し上げます」

菊乃は二人のやり取りの隙に居間から出て、縁側を足早に玄関に去って行った。本庄は奉公人たちの手前追いかけるようなことはせず、居間に戻った。勘兵衛は奉公人たちに火事のことを調べさせた。直次郎は縁の下に潜み、様子を窺った。

やがて、

「何でもございません」

勘兵衛の声がした。

「人騒がせなことよ」

本庄は明らかに不機嫌になった。

「申し訳ございません」

「もうよい」

「お酒の仕度をさせましょうか」

「無用じゃ、もう、帰る」

「では、お駕籠を用意致します」

「店の前はまずい。裏木戸に回せ」

「かしこまりました」

「それからな、例の企《くわだ》てそろそろ取り掛かるとする」

「木場の材木問屋に紀州から大量の材木が届くのは十五日、三日後でございます」

「では十五日がよかろう。今、町方も火盗改も火付けや盗人の探索でお互いいがみ合っておるところじゃ。この機をおいて他にはない」

「これで、本庄さまの御老中就任は間違いなしでございます」

「そのつもりじゃ」

本庄の言葉は直次郎の緊張を嫌《いや》が上にも高めた。例の企てとはなんだろう。町方と火盗改がいがみ合っているのが好都合とは物騒なものであるに違いない。その企てには材木の大量入荷が重要ということか。

嫌でも本庄という男の素性が気になった。何が何でも確かめたい。幸太郎の浮気探索が思わぬ方向に進もうとしている。

「何者だ」

思わずそんな言葉が口から漏れ出た。すると、

「お待たせしました」

と、木戸に駕籠がつけられた。豪勢な螺鈿《らでん》細工が施された網代《あじろ》駕籠だ。大名が乗るものである。

相当な身分にある者に違いない。まさしく、老中にも手が届くほどの地位にあるのだろう。

直次郎は己に気合いを入れた。本庄は居間から縁側に出てやがて駕籠に乗り込んだ。幸い、奉公人の姿はない。

直次郎は辺りを憚りながら縁の下を這い出した。

四

その頃、庄之助は文治、松五郎と共にお富を訪ねていた。猪吉は仕事に出て留守である。お富の淹れた茶をすすりながら、

「本当にこの顔だったのか」

文治はお富から聞いて作成した人相書をお富に見せた。お富は黙り込んで人相書にじっと視線を注いだ。それからこくりと首を縦に振る。

松五郎は庄之助に、

「火消し連中に声をかけて歩いたんですがね、さっぱり見つかりませんや」

庄之助も困り顔で、

「この顔の男、見つからないんだ。本当にこの男なのか。もう一度、思い出してくれ」

お富はこくりとうなずく。

文治は庄之助の耳元で、

「愛しい人のことを思い出し、かばっているんじゃないですかね」

庄之助はお富の横顔に視線を向けた。それから、

「そんな風に見えんな」

「でも、町火消しにはそれらしい男はいませんや」

松五郎も困り顔である。すると、お富ははっと顔を上げた。目を天井に向け、何やら憑《つ》かれたような顔つきをした。

「どうした」

文治が声をかけるとお富はうつろな目となり、

「こい……」

と、呟いた。

文治は首を捻り、

「こいってなんだ」

と、問い質す。お富は文治の声は耳に入らないようだ。文治がさらに問おうとするのを庄之助は文治の手を引いて制した。お富は必死で思い出そうとしている。

「こい、こいのぼり」

お富が再び呟くと庄之助が、

「こい、つまり、魚の鯉だな」

あくまでやさしく言う。お富はうなずき、

「鯉の滝登り」

今度ははっきりとした口調で述べ立てた。庄之助と文治は顔を見合わせた。

その時、松五郎が、

「そうか。鯉の彫り物だ」

と、叫んだ。

「鯉の彫り物がどうしたんだ」

文治が聞くと、

「お富の想い人だった重吉について、に組の連中に聞いたんですが、重吉は背中一面に鯉の滝登りの絵柄の彫り物をしていたそうです。ですから、お富は火事現場で重吉のと同じ鯉の彫り物を見てそれに心ひかれているんじゃないですかね」

「なるほど」

文治は膝を打った。

庄之助が、

「お富、その男、背中に鯉の滝登りの彫り物があるのだな」

お富はしっかりとうなずいた。

「これでわかった」

庄之助は腰を上げた。

「こら、大きな手がかりだ」

文治も顔を輝かせた。

「もう一度、調べますよ」

松五郎は声を弾ませた。

「よし、頼むぜ」

庄之助も気合いを入れた。三人の喜びをよそにお富はうつろな目をしていた。

それを見ると、なんとも哀れを誘う。一緒になろうとした男の面影、背中の彫り物に引かれ火事現場を彷徨《さまよ》っている女。

庄之助はいたたまれない気分でお富の家を出た。文治が庄之助の心の内を察したように、

「哀れなもんですね。死んだいい人と同じ彫り物をしている男に引かれ火事現場を彷徨っているとは」

庄之助はそれには答えず、

「火消しを徹底的に洗うぞ。町火消しばかりじゃない。定火消しも大名火消しもだ」

松五郎が、

「任せてください。あっしが、仲間を遣《つか》って探りを入れます」

「頼むぞ」

「では、あっしはこれで」

松五郎は猛烈な勢いで駆け出して行った。

「これで、なんとかなりそうですね」

「そうだな」

「もう、火事は出しちゃあいけませんや」

「当然だ」

庄之助は表情を引き締めた。

「そう言えば、桐生さまはどうしていらっしゃるでしょうね」

「あいつのことだ。懸命に探索しているだろうさ」

庄之助は直次郎のことを話すとなんとも言えぬ安らぎを感じた。それが顔に出たのだろう。庄之助の顔から笑みがこぼれた。

「どうしたんです、うれしそうじゃござんせんか」

「別にどうもしてないさ」

文治は庄之助の心の内を知ってか知らずか、

「桐生さま、大手柄を立てられるかもしれませんよ。勘ですがね」

「生まじめな男だからな」

「それもそうなんですがね、あの方にはなんというか運があると思いますよ」

「運な」

庄之助もそんな気がしてくる。

「あっしがこんなことを言っちゃあ生意気ですが、桐生さまは大店のお坊ちゃんのお育ちのせいか、ほんわかとした、よいお人柄ですからね」

「人柄で探索ができるわけではないが、なんとなくおまえの言っていることはわかるような気がするな」

「でしょう」

「とすれば、おれも見習わなくてはならんということか。だが、どう転んでもほんわかとはできんがな」

庄之助は声を上げて笑った。

「旦那が見習うとしたら所帯を持つってことですぜ」

庄之助自身、そのことはよくわかっている。

「まあ、その内な」

「選り好みし過ぎるんですよ」

「そんなことはないさ」

「旦那はご長男でいらっしゃるから婿養子ってことはないからいいですよ。婿養子はね……」

文治は苦笑を漏らした。

「おまえでも気を遣うのか」

「遣いますよ」

「舅《しゅうと》が名うての十手持ちだったからな」

「おまけに、かかあも親父の血を引いて気が強えのなんの。桐生さまが羨《うらや》ましいですぜ」

「直次郎も婿養子だものな」

「でもね、あっしと違って大事にされてますよ」

「おまえだって、それなりに大事にされているさ」

「そら、大工をしくじったあっしを十手持ちにしてくれたんですからね、ありがてえと思ってますよ」

文治はため息混じりに十手を見た。それから、

「そうだ。あの飯屋の娘、どうです、お衣ちゃんですよ」

「なんだ唐突に」

「唐突でもありませんや。いいと思うがな、お衣ちゃん。松川小町って評判の美人だし、その上、気立てがよくって働き者で。旦那と並べば雛《ひな》人形のお雛さまとお内裏《だいり》さまだ」

「馬鹿、やめろ」

「おや、赤くなりやしたよ」

「うるさい。無駄口を叩いてないで、探索に行くぞ」

「そんな怒らないでくださいよ」

「怒ってないさ」

言いながら庄之助は足早にその場を去って行った。文治も後を追う。

「旦那、待ってくださいよ」

吹く風はめっきり冷たくなった。庄之助は空を見上げながら、

「雨でも降らねえかな。こう、冬日照りが続いたら八百屋お八の思う壺だ」

「まったくですね」

「早く、捕らえねばな」

庄之助の目にはいつしか焦燥の炎が立ち上っていた。

第五章　巨大なる敵

一

直次郎は本庄を乗せた駕籠を追って、番町《ばん》は外桜田《そとさくらだ》の大名小路に至った。

――やはり――

本庄は大名だ。しかも相当に地位のある、おそらくは幕閣を担う者に違いない。屋敷は長屋門に両番所が設けられ、両番所の造りは格子出しという雁《かり》の間詰めの大名に見られる様式だ。雁の間には譜代中堅の大名が詰める。

長屋門が開けられ、駕籠は屋敷の中に入った。

ここは誰の屋敷だ。

この時代、武家屋敷に表札はない。直次郎は番士に尋ねようかと思ったが、自分の素性を名乗らなければならない。火盗改が自邸に探りを入れたと本庄に知られれば、山際に迷惑が及ぶかもしれない。

直次郎は裏手に回った。そこで奉公人か出入りの商人かどちらかに尋ねようと思った。往来に植えられている枯れ柳の木陰に身を潜め裏門を窺う。思いもかけず大物に行き着いたことで胸が緊張に覆われた。

と、その時、

「直次郎」

と、背中を叩かれた。

飛び上がりそうになった。心の臓が悲鳴を上げた。振り返ると庄之助と文治がいた。

「なんだ、どうしてここに」

頭が混乱したままに問いかける。

「おれたちは探索だ。おまえこそ、どうしてここにいるんだ」

庄之助も戸惑いを示した。文治も目を白黒させている。

「おれも探索だよ」

「探索ってどこを探っていたんだ」

「この屋敷の主さ」

直次郎が本庄の屋敷を指差すと文治が驚きの目をして、

「桐生さまも若年寄本庄讃岐守盛安《さぬきのかみもりやす》さまを内偵していなさるんですか」

なるほど、若年寄か。老中を狙える地位にあるということだ。火盗改の頭取は若年寄の支配下にある。山際の上役ということだ。厄介な相手に行き着いてしまったものである。

「若年寄か……」

「おまえ、まさか、知らなかったのか」

「ああ、まあ、それは」

直次郎は口ごもった。

「相手が誰か知らなくて探るとは、おまえもいい度胸をしているな」

庄之助は驚きとも冗談ともつかない様子だ。直次郎はむっとしながら、

「おまえは、どうして若年寄さまに狙いをつけたんだ」

「おれは、本庄さまに狙いをつけたわけではない」

庄之助は文治に目配せした。文治はうなずくと、

「ここで立ち話もなんですから、どこか茶店にでも入りましょう」

直次郎は迷うように視線を本庄屋敷に彷徨わせた。

「まさか、若年寄さまが逃げたりはせんさ」

庄之助は直次郎の肩を叩いた。

「それもそうだ。となると、腹が減ったな」

「なら、鰻でも食べませんか。山城河岸《やましろがし》に鰻屋があるんですよ」

「そうしよう」

直次郎は鰻と聞いただけで蒲焼の香ばしい香りを思い浮かべ、生唾がこみ上げてきた。

三人は外桜田の大名小路を抜け山下御門を出ると、御濠に沿って右手に一町ほど歩いた。そこに文治の言う鰻屋がある。

暖簾を潜ると煙がもうもうと立ち込め、蒲焼の匂いが充満していた。入れ込みの座敷に上がり、文治が鰻飯を三人分頼んだ。

「一杯、いきたいところですが、それはできませんね」

文治の言葉を庄之助は聞き流し、

「おれたちは何も本庄さまを追っていたわけじゃない。追っていたのは火付け、つまり八百屋お八だ」

「それが、どうして……」

どうして八百屋お八を追ったら本庄屋敷に至ったのだという問いを飲み込み、周囲を見回した。みな、鰻や自分たちの話に夢中で直次郎たちに関心を向ける者などいない。

　庄之助もそれを確かめ、

「八百屋お八を追ううちに、火事現場で不審な男が、それがなんと火消し人足なのだが、浮かんできた。男は背中に鯉の滝登りの彫り物があり、この屋敷に寝泊りしている火消し人足とわかった。名前を卯之吉《うのきち》という」

　庄之助は簡単にこれまでの経緯を説明した。

「大名火消しということか」

「元は臥煙《がえん》だったが、この十月から本庄さまのお屋敷に火消し人足として寝泊りしている」

　臥煙とは旗本が指揮を執る定火消しの火消し人足のことで、冬でも半被《はっぴ》に褌一丁で身体中に彫り物を施す気性の荒い者たちが多い。

「卯之吉はどちらのお旗本屋敷にいたんだ」

「村岡右兵衛助さまだ」

　これで、村岡と本庄が繋がった。

「定火消しは若年寄さまの支配下だからな。本庄さまは、腕のいい火消し人足をご自分の屋敷に寝泊りさせて、江戸の防火を強化なさるということらしい」

とんだ茶番だ。何が江戸の防火を強化するだ。その実、自分が火付けの黒幕ではないか。暗い物思いに沈んでいると、

「おまえはどうしてここに至ったのだ」

「それが」

直次郎は口をつぐんだ。

「なんだ、話せないのか」

「まあ」

「火盗改の秘密主義か」

庄之助は明らかに不愉快な顔をした。自分だけ話させておいてそれはないだろうという庄之助の心の声が聞こえてくる。

「いや、それは……」

「人にはしゃべらせておいて、それはないだろ」

案の定の台詞《せりふ》を発する庄之助の声音には明らかに怒気が含まれている。文治はおろおろとしたが折りよく鰻飯が運ばれて来たので、

「さあ、熱いうちに食べましょう」

と、二人に勧める。庄之助は強張《こわば》った顔のまま箸を取った。庄之助の怒りはわかる。だが、本庄を追った経緯を語るということは幸太郎の不義を話すことになる。

庄之助や文治がそのことを軽々しく言い立てるとは思わないが、弟として兄の醜聞を他人に話す気はしない。

庄之助は口を閉ざし黙々と鰻を食べた。直次郎も鰻を食べる。蒸した鰻の柔らかな感触と甘辛いたれの味が口の中一杯に広がったが、気まずい空気が流れ心行くまで堪能するゆとりはなかった。

直次郎は箸を置き、

「すまない」

と、頭を下げた。

「謝《あやま》られてもな」

庄之助は薄笑いを浮かべる。

「本庄さまに狙いを定めたのはほんの偶然からだ」

「偶然とは」

「それは……」

「言えないのか」

「まあ」

「火盗改の秘密事項か」

庄之助は苦笑を漏らす。

「そうじゃないんだ。火盗改の探索で本庄さまに至ったのではない。詳しくは話せないが、本庄さまがおまえたちが狙いをつけた臥煙に火付けをやらせている可能性はある。それに、今後、もっと大きな火事を起こそうと企てておいでだ。多分、十五日だ」

庄之助は眉根を寄せ、文治の鰻飯をかき込む手が止まった。

「本庄さまは木場の材木問屋木曾屋の主勘兵衛と深い仲にある」

直次郎は言ってから、どうしてわかったかは聞かないでくれと言い足した。

文治が驚きの顔で、

「木場の材木問屋とつるむってことは、大火事を起こして、材木の値を上げるってことじゃないですか」

庄之助も、

「もし、そうなら恐るべきことだ」

「し、信じられませんや」

文治は戸惑いを隠せない。

庄之助は思案するように考え込んだ。

「若年寄さまがどうして木曾屋なんかとそんな大それたことをなさるんですかね」

「老中になりたいようだ。江戸の大火は老中さまの不手際だと糾弾し、木曾屋から得る多額の賄賂《わいろ》を活用して大奥あたりに工作なさるのではないかな」

直次郎の考えに庄之助は嫌悪感を抱いたように薄笑いを浮かべ、

「しかし、証はない」

「それは、そうだ」

「もし、桐生さまがおっしゃった通りだとすると、そんなお方が御老中になってしまったら江戸は闇ですよ」

「その前に、江戸は火の海、大勢の人間の命が失われる。今度、どこに火を放つか、それさえわかればな、町奉行所を通じて火の見回りの強化をするのだが」

「卯之吉を付け回してはどうだ」

直次郎の提案に、

「そうするしかあるまい。しかし、本庄さまを探ることはできん」

「それは桐生さまにお願いしたらどうです」

文治が言った。

「直次郎、ここは、役割分担といこうじゃないか。おれたちは卯之吉を徹底的に付け回す。おまえは本庄さまと木曾屋を探るんだ」

「わかった」

返事をしたものの、これを火盗改の仕事として全うできるかというと自信はない。山際の組屋敷に戻って報告すればお八追跡は直次郎の役目に非《あら》ず、と西村たちに非難されるだろう。

いや、そんなことはどうでもいい。非難など別にどうということはないし、そんなことで悪人追跡の手を緩めてはならない。それより、どうして木曾屋と本庄に直次郎の探索の目が向けられたかの理由の説明が求められる。

幸太郎の不義を明らかにしてしまうのだ。

「わかった」

直次郎はもう一度答えてから、

「すまぬが」

と、両手をついた。

二

「どうした、そんな真似はよせ」

庄之助は手を振った。

「本庄さまと木曾屋のことは奉行所への報告では内緒にしておいて欲しいんだ」

文治がうれしそうな顔で、

「ははあ、桐生さまも手柄への欲が出なすったね」

「いや、そういうわけではない」

「いいんですよ。そうこなくちゃいけませんや」

文治は庄之助に賛意を求めた。

「その通りだ。よし、わかった。おまえの言う通りにしてやる」

庄之助は快く請け負ってくれた。

「かたじけない」

「礼はいい」

「いや、借りを作ったようだ」

「そう思うのなら、ここの払いを頼む」

庄之助はニヤリとし、

「ご馳走さまです」

文治もすかさず言い添えた。

「わかったよ」

直次郎は鰻飯をかき込んだ。


庄之助と文治と別れた。腹が満ちたこともあり、気力も充実してきた。そうなると、まずここで確かめておかなければならないのは幸太郎の不義だ。幸太郎は二百両もの大金を菊乃に与えた。これは、尋常なことではない。

菊乃にのめり込んでいるといってもいいのではないか。まさか、布袋屋を潰すようなことはないと思うが。

「いや」

女にのめり込んで身代を潰すことなど珍しくはない。

そう思うといてもたってもいられない。

直次郎は布袋屋に向かった。


布袋屋の前に立った。紺地に布袋屋の屋号と布袋さまの絵が白地で描かれている暖簾が寒風に揺れている。中を覗くと幸い幸太郎の姿はない。

「御免よ」

何気ない調子で暖簾を潜る。いつもながらの賑わいだ。土間を隔てて小上がりになった三十畳ばかりの板敷きが広がっている。板敷きは黒光りがするほどに磨き立てられ、大店の品格を漂わせていた。

帳場机がいくつか置かれ、秤《はかり》が置かれ、銭の交換や貸付の客に手代たちが対応していた。奥に座っていた番頭の茂蔵が直次郎に気がつき、

「これは、直次郎さま」

と、にこやかに近づいて来た。

「喉が渇いた。茶を飲ませてくれないか」

「それなら、母屋にどうです」

「いや、探索の途中だ。店先でかまわんよ」

「そうですか、あいにくと旦那さまは留守でございます」

「昼間から何処へ行ったんだ」

「義太夫のお稽古ですよ」

茂蔵は耳元で囁いた。それからにんまりとし、茶を持って来るよう奉公人に言いつける。直次郎は店先に腰掛けた。その前に茂蔵も座る。

「直次郎さま、一段とご立派になられ、すっかり二本差しが板に付いておりますよ」

顔を合わせるたびに茂蔵はこの台詞を言う。

「まだまださ。上役や先輩から叱責を受けてばかりだ」

「それは、直次郎さまがみなさまから期待されておられるからですよ。見込みのない者には小言を言ったりしません」

茂蔵は言いながら、茶と厚く切った羊羹《ようかん》を勧めた。

「それはそうと、物騒な盗人や火付けが横行しておりますな。直次郎さまもさぞやお忙しゅうございましょう」

「そうなんだ」

茶を一口飲んでから、

「そうそう、盗人といえば、布袋屋は大丈夫だろうな」

と、わざと顔をしかめて見せた。

「大丈夫ですよ」

茂蔵は胸を叩く。

「ちゃんと、帳簿は合っているのか」

「あたりまえです」

「知らず、知らずの内に百両、二百両がなくなっているなどということはあるまいな」

「そんなことあるわけないじゃありませんか。第一、外道の弥太郎は押し入った店の者を無惨にもみな殺しにするそうではありませんか」

「いや、外道一味ではない。近頃、外道一味の陰になって目立たないが、百両、二百両の金をこっそり盗む盗賊一味が跋扈《ばっこ》しているのだ」

「脅かさないでくださいよ」

「脅してどうするんだ」

あくまで真面目な顔の直次郎に茂蔵もそわそわとし、

「ちょっと失礼します」

立ち上がり帳場机に戻るとなにやら忙しげに算盤《そろばん》を使い、さらには店の裏手に向かった。どうやら土蔵の中の千両箱や銭函を調べるのだろう。律儀な番頭を騙《だま》して心苦しいが仕方あるまい。

直次郎は茶を飲み、羊羹を頬張った。布袋屋の賑わいに耳を傾けていると程なくして茂蔵が戻って来た。満面に笑みを浮かべている。

「大丈夫でございます。盗まれてなどおりません」

ほっとした。

「いや、まことびっくりしました。でも、幸いにしてまったく被害は受けておりません」

「それは何よりだ」

幸太郎は個人的に蓄えた金を菊乃に融通してやっているということだろう。店の金には手をつけていないようだ。いかにも幸太郎らしい。いくら女に耽溺《たんでき》しても公私の区別はしているということか。

となると菊乃のことが益々気になる。

「ところで、布袋屋の客で直参旗本村岡右兵衛助さまというお方はおられるか」

「村岡さま……」

茂蔵はしばらく考えていたが、

「思い出しました。村岡さまの奥さまは南方奉庵先生と申されたお医者さまのお嬢さまなのです」

「南方先生……」

そうだ。幸太郎も船宿でそんなことを言っていた。

「布袋屋にもよくいらしていたんですよ。直次郎さまは覚えておられませんかね。先生は、直次郎さまが八つの時分にお亡くなりになられましたからね」

「そうなのか」

「南方先生は村岡さまのお屋敷にもお出入りなすっておられて」

「お嬢さんが村岡さまに見初められたということか」

幸太郎の話を思い出した。

「そうなのですよ。お嬢さまは旦那さまと同じ十八でいらっしゃいました。南方先生の喪が明けた翌年に村岡さまに嫁がれました」

茂蔵はさかんに若き日の菊乃の美貌ぶりを述べ立てた。幸太郎も若き日の菊乃にひそやかな恋心を抱いたとしても不思議はない。

「邪魔したな」

直次郎は腰を上げた。

「おや、もう、お帰りですか」

茂蔵はいかにも話し足りない様子だ。

「だから、申したであろう。探索の途中なのだ」

「そうでした。どうもご苦労さまでございます」

直次郎は表に出た。

今すぐにでも幸太郎と会い、菊乃と手を切るよう迫りたい。お須恵に気づかれる前にだ。

直次郎は船宿に足を向けることにした。

八丁堀に沿って湊稲荷を歩いて行くと、左手に外道一味に襲われた商家が見えてきた。今は人の気配がなく、廃屋と化した店や屋敷に風が虚しく吹きすさんでいる。たとえ、眼前に亡骸はなくとも外道一味の爪痕は決して消え去るものではない。

するとと、何やら高札が立っている。その高札を見ようと数人の男女が群れていた。みなの口から、

「ひでえ」

とか、

「火盗改も頼りにならないね」

などという聞き捨てにはできない声が聞かれた。直次郎は無言で高札を見上げた。そこには火盗改藪中音吉の不手際により、宝珠屋は外道の弥太郎一味の襲撃を許した。藪中は目と鼻の先にいながら、一味が襲撃するのを指をくわえて見ていた、とあった。

「おのれ」

直次郎は思わずうめいた。そのうめき声に野次馬たちの輪が割れた。直次郎は、

「火盗改である」

と、大声を放った。野次馬の間から悲鳴が漏れ、誰からともなくその場から走り去った。

「まったく、誰がこんなものを」

直次郎は高札を引き抜こうとしたが、地中深く埋まっているのか容易にはいかない。

「ええい」

直次郎は大刀を抜き、柱を切った。地に転がった高札を足で踏み荒らした。高札が粉々になるまで繰り返すと、額に薄っすらと汗が滲んだ。全身が熱くなりながら湊稲荷を立ち去り船宿に着いた。

女将に幸太郎の所在を確かめたが今日は来ていないとのことである。そう言えば、義太夫も聞こえない。

「兄さん、いい加減にしてくれよ」

言いながら船宿を後にした。

三

山際の組屋敷に戻った。大広間に顔を出すと、騒々しい。望月はまだ姿を現していないこともあり、同心連中が口々に陰口をわめき立てていた。藪中の姿を探したが、藪中もいなかった。

聞くともなく直次郎の耳に藪中を誹謗《ひぼう》する言葉が飛び込んでくる。西村に向かって、

「いかがされたのですか」

西村はむっとしながら、直次郎の胸に瓦版《かわらばん》を押し付けた。それを読めということだろう。

瓦版は藪中を揶揄《やゆ》するものだった。藪中の名前こそ記されていないが、高札で書かれていたのと同じ内容が記されている。

「藪中さんはどこだ」

西村は直次郎に詰め寄った。

「存じません」

「嘘をつけ」

「嘘などつくはずがございません」

直次郎はむきになった。

「おまえら、このところ一緒につるんでおるではないか」

「西村殿、今の申されようは得心《とくしん》できません」

「生意気申すな」

「なにが生意気なのですか」

ついいきり立ってしまった。

「なにを」

西村は目を三角にして直次郎の襟を摑んだ。

「離してくだされ」

直次郎は右手で払い除けた。同心たちが二人を取り囲んだ。

「藪中さんは火盗改の面汚しだ」

西村が言うと、

「そうだ」

賛同する者が相次ぎ大広間は騒然となった。

「違います。ここに書いてあることは事実ではありません」

「なら、藪中さんはどうしたんだ。この場に出て来られないのではないか」

「それは、遅くまで探索をしておられるのです」

「ふん、身に覚えがあるからこの場にいられないのさ」

「そうではありません」

「おまえ、何を根拠に」

「藪中さんはお役目に熱心なお方です」

西村は哄笑を放った。すると、同心たち一同からも笑いが起きる。

そこへ、

「何事じゃ」

と、望月が入って来た。

西村は直次郎を馬鹿にしたように一瞥《いちべつ》を加え着席をした。望月は上座にどっかと腰を据えた。

「では、本日の報告を」

即座に西村が立ち上がり、

「その前に望月さま」

と、瓦版を示した。望月は苦い顔でそれを受け取った。

「これならもう読んだ」

望月はそう一言漏らすと横を向く。

「藪中さんはどちらにおられるのですか」

「息子の病いが思わしくなくてな、今日は組屋敷に戻った」

「ならば、お聞かせください。藪中さんをこのまま火盗改の同心に留めておいてよろしいものでしょうか」

西村は拳を握り締めた。

「どうせよと申すのだ」

望月は西村の頭を冷やそうとでもいうのかひどく乾いた口調である。

「このまま藪中さんが火盗改に留まれば、我らの結束は崩れます」

「無責任な流言に屈するというのか。前にも申したが、流言蜚語《りゅうげんひご》に惑わされるな」

「惑わされているのではございません。藪中さん一人のために世間から火盗改全体がうろんな目で見られるようになることを憂いておるのです。探索業務に差し障りがあると思うのです」

西村は賛同を求めるように大広間を見回した。みな望月に抗議するように大きくうなずいている。

たまりかねて直次郎は立ち上がった。

「こんな瓦版の記事ごときで我らの探索に差し障りなどあってはなりません」

「ほう、偉そうに。この秋から探索に加わったばかりの青二才が、運良く手柄を立てたからといって生意気申すな。おまえ、弥太郎一味探索でどれほどの成果を挙げておるというのだ」

若年寄本庄讃岐守と木曾屋のことを持ち出そうかと思った。しかし、今、それを口に出せば大混乱となるだろう。あまりにも時期が悪い。

それに幸太郎のことが……。

「なんだ、都合が悪くなったら口を閉ざすのか」

あちらこちらから嘲りの声が上がった。望月が、

「鎮まれ」

と、一喝するとさすがにみな口を閉ざした。

「よいか、このような流言に惑わされるな。惑わされるということは我らの自信のなさを現すものであるぞ」

「しかし……」

西村は不満そうだ。

「我ら、なんとしても八百屋お八と外道の弥太郎一味を捕らえねばならない。そのためには心を一つにして決して諦めぬことじゃ」

「おおせはわかります」

西村は唇を噛んだ。

「ならば、藪中のことはこれ以上は申すな」

望月は釘を刺した。

「わかりました」

西村の受け入れはいかにも不承不承という感じがした。協議は続けられたが、重い空気が漂った上にこれという成果もないとあって、協議は冷え切っていた。解散を告げられみな口を真一文字に結んで大広間を出た。

「おい、こう気分が暗くなっちゃあ、明日からの探索にも差し障りが出るというものだ。どうだ、ぱっといくか」

西村が半ば自棄《やけ》気味に声を放った。たちまちにして、

「よし、行くか」

賛同の声が発せられる。

「そうこなくてはな」

西村は仲間を集う。当然のことながら直次郎が呼ばれることはなかった。だが、一度、酒を酌み交わし腹蔵なく話し合うのもいいのかもしれない。西村や同僚たちが自分や藪中に抱いているわだかまりを解いておくべきだ。こちらが

意固地になっていてはいつまでたっても通じ合えない。

通じ合えないということは役目にとって大きな支障となる。

「西村殿、わたしもお仲間に加えてくだされ」

直次郎は満面を笑みにした。西村は一瞬、直次郎の言っていることが理解できないようにぽかんとしたが、

「おや、桐生殿が我らと同席くださるか」

と、おどけて周囲を見回した。周りの者は失笑を漏らした。

西村はきつい目をして、

「ま、無理するな。我らの行く店の食い物なぞ、おまえの舌には合わないさ」

と、肩をぽんと叩き去って行った。

「いや」

追いかけようとしたが、西村たちは楽しそうに輪を作り直次郎を寄せ付けない。言いようのない疎外感と寂しさに包まれた。

自分はまだ火盗改の一員と認められていないのか。

一人、ぽつんと縁側を歩いていると、

「ご苦労さまです」

下働きのお累がやって来た。お累は快活な笑顔で、

「桐生さまはとてもお優しいですね」

「なんだ急に」

「藪中さまのことを庇《かば》っていらっしゃいました」

「協議を聞いておったのか」

「違います」

お累は大きくかぶりを振った。

「ならばどうしてそんなことを申す」

「聞く気はなかったのですが、みなさま、大変熱心にお話しなさっておられましたので、掃除をしておりましても嫌でも耳に入ってしまったのです」

直次郎は熱くなってしまった自分が恥ずかしくなった。

「藪中さま、大丈夫でしょうか」

お累は言ってからまるで悪いことでもしたように口を手で覆った。

「心配なのか」

「このところ、藪中さまはお元気がないようなので。それに、わたしも瓦版を見ました。桐生さま、どうか、藪中さまのお力になってくださいまし」

「おまえ、どうしてそんなに藪中さんのことが気になるのだ」

「死んだおっとうに似ているんです」

お累は顔を赤らめた。

「おまえ、確か、生まれは多摩の庄屋の家だったな」

「はい、昨年、おっとうを亡くしました」

「それは気の毒なことだな。でも、おまえがこうして立派に働いているのを草葉の陰から親父も見守っているだろう」

お累はにっこりとした。

「そうだ、ちょっと、顔を出してくるか」

「藪中さまのお宅ですか」

「そうだ」

「くれぐれもお心丈夫にと、お伝えください」

「わかった。おまえは、安心しておれ」

「ありがとうございます」

お累は丁寧な所作で頭を下げると廊下の拭き掃除を始めた。

直次郎は、仲間外れにされた寂しさを紛らわすことができ、心温まる思いになって山際の組屋敷を出た。厚い雲が夜空を覆い、月を隠している。直次郎は提灯で足元を照らしながら藪中の組屋敷に向かった。

四

組屋敷の木戸門に至ったところで中の様子を窺った。縁側に面した障子から行灯の灯りが漏れている。まだ、寝てはいないようだ。

直次郎は木戸門から足を踏み入れ、飛び石伝いに母屋の玄関に至った。一呼吸置いてから格子戸を開けた。

「夜分、畏れ入ります」

丁寧に声をかける。直ぐに奥から足音が近づき、藪中の女房と思われる女が出て来て三つ指をついた。

「火盗改の桐生と申します。夜分畏れ入りますが、藪中さんと面談にまいりました」

女房は藪中から聞いたのだろう。直次郎が借財に尽力してくれたことの礼を述べてから直次郎を奥に導いた。藪中は居間にいた。

「すみません、こんな遅くに」

「いや、かまわん」

藪中は女房に茶を淹れさせた。

「ご子息のお加減、いかがですか」

「急に熱が出たんだが、今は寝付いておる。医師の診立てでは朝までぐっすりと眠れば大丈夫だろうということだ。ところで、協議でわしのことが話題に上ったであろう」

藪中は力ない笑みを浮かべた。嘘をついても仕方がない。

「少々」

「少々か」

藪中は自棄気味に声を放って笑った。それからおもむろに、

「これについてだろ」

と、瓦版を取り出した。直次郎はそれには目もくれず、

「そうです」

「みな、非難ごうごうであったろうな」

「まあ……」

「無理もない」

藪中はどこか他人事のようだ。

「それから、これはお耳に痛いことと存じますが」

直次郎はそう前置きをしてから南八丁堀の宝珠屋に掲げられた高札について話した。

「そんな高札がな」

藪中はどこか楽しげですらあった。その無責任な態度にはいささか腹が立った。

「まったく、踏んだり蹴ったりだ」

「そのような暢気《のんき》な物言いは」

「ま、仕方ないだろう」

「藪中さんは懸命に役目に邁進しておられるのです。お怒りになったほうがよろしいですよ」

「そんなことを言ってくれるのは桐生だけだ」

「そんなことはございません。望月さまとて、みなさまの藪中さんへの非難を庇われたのです」

「望月さまがな」

「それに、お累」

「お累……」

「そうです。下働きの女中です。お累は藪中さんのことを心配しておりましたよ」

「お累が、はて」

藪中は首を捻った。

「なんでも、死んだ父親に似ておるそうです」

「こんな頼りないわしがか」

藪中は恥じらうように目を伏せた。

「そのように、卑下なさるものではございません。とにかく、決してくじけることのないようお願い申し上げます」

「桐生はわしを心配して来てくれたのか。人が良いの。ま、心配するな。わしはこの通り元気じゃ。明日からは探索に精を出す」

「藪中さんを揶揄する者を見返してやりましょう」

「そうだな」

藪中はあくまで落ち着いた物言いである。

「夜分、畏れ入りました」

直次郎は腰を上げた。縁側に出たところで、

「桐生」

藪中に呼び止められた。

「なんでございましょう」

藪中は呼んでおきながら躊躇いが生じたのか口を閉ざし、やがて弱々しい声で、

「わざわざ、すまなかったな」

直次郎は釈然としないものを感じながらもそのまま縁側を歩いた。

藪中は何が言いたかったのだろう。呼び止めた時、明らかに何かを訴えたいようであった。それが妙に心に引っかかった。


明くる十一月十三日の朝、早めに直次郎は表に出た。まずは、幸太郎に菊乃とのことを確かめておきたい。

明け六つ半（午前七時）には布袋屋の裏手にやって来た。まだ、店は開けら

れていない。寒風が吹く中、手に息を吹きかけ地団太を踏んで裏木戸に立っているとお須恵が直次郎に気がついた。

「まあ、こんなに早くに」

「今日は早朝から役目でしてね。近くまで来たので、茶でも飲ませていただこうとやって来たのですよ」

「遠慮しないで中に入ってくださいな」

お須恵は幸太郎が浮気していないとわかってから明るさが増している。そんな姿を見ると後ろめたさが胸にこみ上げた。

「では、遠慮なく」

直次郎は母屋の玄関から居間に入った。

幸太郎が朝餉を食べていた。お須恵に茶だけをもらい、お須恵が居間から出ていったのを見計らって、

「菊乃殿に二百両、用立てましたね」

幸太郎は箸を止め厳しい目を向けた。

「兄さんが自分の蓄えを崩して貸し与えたんでしょ。どういう間柄なんですか」

「おまえには関わりないよ」

　幸太郎は直次郎の問いかけを無視するように沢庵《たくあん》をぽりぽりと嚙んだ。

「関わりはない。でもね、自分の兄が武家の妻女にこっそりと二百両もの金を渡したんです。どんな間柄か気にするなと言うほうがおかしい」

　直次郎は、声音は落としているものの目に力を込めた。今度こそ布袋鰻を手からすり抜けさせてはならない。幸太郎は茶漬けで残った飯をかき込むと、

「菊乃さまとは何もない。本当だ」

　次いで、直次郎が膝を乗り出すと、「まあ、聞きなさい」とやんわりと制し、

「何も関係はないけど、好意はもっている。なにせ、あたしにとっちゃあ、初めて想いを抱いた人だからね。それはもう、胸を焦《こ》がしたものさ」

　幸太郎の病的なまでに真っ白な面差しに赤みが差した。

「村岡さまに嫁がれると聞いていたから、必死で想いを胸に仕舞い込んだよ。それが、今月の初め、菊乃さまから文が届いたんだ。是非、会いたいとのことだった。あたしは、きっと借財の申し入れだろうと思った。何せ、村岡さまは定火消しのお役柄、大そうな費えと聞いたことがあるからね。それで、上野のさる料理屋でお会いした。案の定、用件は借財だったが、それでもあたしはう

れしかった。かつて、胸を焦がした人が自分を頼ってくれた。二人きりで食事ができた。若い頃の想いがまざまざと甦《よみがえ》ったよ。決して浮気じゃないと自分に言い訳したけど、お須恵には後ろめたかった。それで、店の金には手をつけなかった。でも、それは間違っていたと思う。あくまで商いとして菊乃さまと接するべきだったんだ」

幸太郎は語り終えた。声音はいつもの通り淡々としたものだが、表情は明るくなったり曇らせたり、はたまた夢見るような目をしたり、様々に変化した。こんな兄を見たのは初めてである。幸太郎の意外な一面を知り、戸惑いと驚き、それに暖かな気持ちが交錯した。

「疑ってすみません。下衆の勘繰りでした」

直次郎は素直に頭を下げた。

「もういいよ。これで気がすんだだろ。なら、しっかりお役目に励みな」

幸太郎はいつもの掴みどころのない茫洋とした顔に戻っていた。

第六章　裏切り同心

一

藪中は一人、組屋敷を出て四谷仲町通りを歩いていた。通りの両側には武家屋敷の築地塀《ついじべえ》が連なっている。その中をとぼとぼと歩く藪中の後ろ姿は、曇天の下、いかにもうらぶれている。

左手に紀伊徳川家の広大な中屋敷が見えてきた。ここから鮫ヶ橋坂《さめがばしざか》という緩やかな坂が続く。鮫ヶ橋は元々は桜川という細流に架かり、かつて、入り江だった頃、鮫がここまで泳ぎ着いたことが地名の由来となっている。

歩く内に何やら眼前で騒ぎがある。一人の娘を三人のやくざ者が取り巻いている。視線を凝らすとお累だ。お累はやくざ者にからまれ、必死で抗《あらが》っていた。傍《そば》を棒手振りの納豆売りが道の端に寄って避けるようにして通り過ぎる。

藪中は駆け出した。

やくざ者の視線が集まった。

「何をしておる」

「この女があっしの足を踏んだんですよ」

お累は、

「ですから、何度も謝ったではございませんか」

「謝ればいいってもんじゃねえ。ああ、痛え」

やくざ者は大袈裟に顔をしかめ、己が足に視線を落とした。

「言いがかりをつけおって」

藪中はやくざ者の足を踏みつけた。やくざ者は目を剝いた。

「何しやがる」

「うるさい。とっとと失せろ」

藪中は普段には見られない険しい顔をした。横にいたやくざ者が一人殴りかかってきた。藪中は大刀の鐺《こじり》を突き出し、やくざ者の鳩尾《みぞおち》を突いた。やくざ者はくぐもった声を漏らしてしゃがみ込んだ。それを見た二人は戦意を喪失し、何やら罵《のの》り声を漏らしながら逃げ去った。

「ありがとうございます」

お累は腰を折った。

「礼などよい。性質《たち》の悪い連中だったな。何処へ行くのだ」

「日本橋までお使いにまいります」

「ならば、その近くまで一緒にまいろう」

「ありがとうございます」

お累はにっこり微笑んだ。

「おまえ、わしのことを心配してくれたそうだな」

「ええ、あの……」

「昨晩、桐生が屋敷にまいって話しておった」

お累は顔を赤らめた。

右手に茶店が見えてきた。

「茶でも飲むか」

藪中は足を止めた。

「よろしいのですか」

お累は顔を輝かせた。

「いいとも」

藪中は茶店に入った。縁台に行商人風の男が二人腰掛けているだけである。

藪中とお累は並んで腰を下ろし、茶と黄粉《きなこ》餅を頼んだ。

「本当によろしいのですか」

「いいと言っただろ」

藪中はお累を安心させるためか笑みを浮かべた。それでもお累は気遣うように、

「藪中さまには大事な御用がおありでございましょう」

藪中は柔らかな笑みから寂しそうに目を伏せ、

「御用な……」

「どうされたのです」

「おまえも知っておろう。わしの評判を」

「そんなことは気になさることありません。口さがない者たちが申しているだけです。桐生さまも藪中さまのご熱心なお仕事ぶりを申しておられました」

「じゃがな、一旦、こうした評判が立ってしまっては、汚名挽回は相当に難しい」

「藪中さまならきっとおできになります」

「おまえがそう言ってくれるのはうれしいが、わしはこれまで、これといった手柄もない。そんなわしがこんな悪評を立てられてしまっては、この先……」

藪中はここで言葉を止めた。

「この先、何でございます」

お累は厳しい目をした。

「いや、火盗改としてこの先」

「この先、見込みがない、お役御免になるかもしれない、とお考えなのですか」

お累の目はぞっとするような冷たい光を帯びていた。声音も表情もすっかり大人びて見える。純情な娘の様子が一変し、違和感を越え不信感となって藪中を襲った。

「藪中さま」

お累はじっと視線を据えた。

「なんだ」

藪中は視線をそらした。

「藪中さま、いっそ、火盗改を裏切ったらいかがです」

「なんじゃと……」

「これほどまでに尽くしていらっしゃる藪中さまを火盗改のみなさまは口汚く罵り、おまけに役立たず扱いをなすっておられるのです。そんな火盗改に忠義を尽くしたとて何になりましょう」

お累は艶然とした笑みを浮かべた。

「なにを言い出す」

「わたしは藪中さまのためを思って申しておるのです。聞けば、ご子息が病がちとか。お薬代も馬鹿にはなりませんわね」

「おまえ、一体……。何者だ。ただの女中ではないな」

藪中は脇に置いた大刀を引き寄せた。お累はその様子を流し目に見たが少しも動揺せず、

「仲間に加わりませんか」

「仲間じゃと……」

そこへ男が一人入って来た。先ほどのやくざ者の一人だ。

「おまえたち、ぐるだったのか」

藪中は辺りを憚り、声こそ小さくしているが目つきは厳しくした。

「へへへ、すみませんね、田舎芝居を打たせてもらいましたよ。申し遅れました。あっしは留吉《とめきち》と申します」

「おまえら、何者だ」

藪中は静かに問うた。

「見当つきませんか」

留吉はにやにやとしている。お累は表情を消し横を向いた。

「外道の弥太郎一味か」

「そうですよ」

留吉がしれっと答えるとお累もうなずく。

「外道の弥太郎一味がわしを抱き込もうというのか」

「藪中さま、わたしらと一緒にいい目見ましょうよ」

お累はほくそ笑んだ。

「貴様、どうやってお頭の屋敷に入った」

「多摩から来た本物のお累を……」

お累は思わせぶりにそこで言葉を止めた。

「手にかけたのか」

「そんな怖い顔なさらないでくださいよ」

お累は小馬鹿にしたように鼻で笑った。

「旦那、仲間に加わってくださいな」

留吉はもう一度言った。

「ふん」

藪中は舌打ちをした。留吉はいきなり紙入れから小判を出し、藪中に押し付けた。

「なんだ」

「納めてくださいよ」

「馬鹿にするな」

「ま、いいじゃありませんか」

「受け取ると思うのか」

「そう固いことをおっしゃらずに」

藪中は小判を見た。五両ある。ふと、布袋屋から借りた五両を思い出した。

幸太郎は利子はいらない、返済期限ももうけないと言ってくれた。証文も取らなかった。

もちろん、自分とてそれに甘えるつもりはない。いつか必ず返したいと思っている。そして、この五両があれば。

「納めてくださいよ」

留吉は五両を藪中の袷の袂《たもと》に押し込んだ。藪中は躊躇う素振りを示したが、留吉に押されると抗うことはなかった。

「旦那、あっしらの仲間に加わってくださるんなら、今日の昼九つ半（午後一時）、柳橋《やなぎばし》の船宿韮屋《にらや》に来てください」

「わしが行くと思うか」

「そう思いますね」

「大した自信だな」

「これでも、人を見る目はあるつもりですよ」

留吉はにんまりとした。

「ここでお縄にしてもいいんだぞ」

藪中は険しい目をした。

「なら、やってくださいな」

お累はふてぶてしくも両手を揃えて突き出した。縄を打てるものなら打ってみろと言いたいのだろう。

「旦那、一緒に楽しくやりましょうよ」

留吉は馴れ馴れしく身体を寄せてきた。

「おまえら、なめおって」

藪中は大刀の柄に右手を置き留吉を睨む。留吉は受けて立つようにその場を動かないでいる。二人は睨み合ったがすぐに留吉は柔らかな表情となり、

「そんじゃ、旦那、待ってますよ」

と、風のように去って行った。残ったお累は美味そうに黄粉餅を食べ、

「美味しかった。どうもご馳走さまでした」

と、お辞儀をした。

「どこへ行く」

「お屋敷に戻ります」

お累は元の働き者の娘に戻っていた。

「不敵な者どもめ」

藪中は留吉が押し付けた小判を手の中で弄《もてあそ》んだ。

二

昼九つ半、藪中は留吉に指定された柳橋の船宿韮屋にやって来た。二階に上がると留吉が待っていた。お累はいない。

「やはり、来てくださいましたね」

藪中は憮然としながら、

「弥太郎は何処だ」

「まあ、そう急《せ》かさないでくださいよ」

留吉は余裕たっぷりの態度である。

「ここにはいないのか」

「船でお連れしますよ」

留吉は階段に向かう。藪中も続いた。

「隠れ家に案内するのか」

留吉はそれには答えないで階段を下り、口を閉ざしたまま船宿を出ると桟橋《さんばし》に向かった。川辺は昼間とはいえ、すっかり冷え切っている。薄ら寒い風が全身にまとわりつき底冷えがした。留吉は屋根船に乗り込み藪中を導いた。

屋根船の中にはやくざ者が二人待っていた。今朝、留吉と一緒に田舎芝居を演じた者たちだ。留吉の手下のようだ。藪中が船に乗り込んだところで留吉が、

「旦那、すみませんがお腰の物を預からせていただきますよ」

今更、抗うつもりはない。藪中は黙って大刀を鞘ごと抜き留吉に渡した。

「どうぞ、こちらへ」

畳敷きとなった船の真ん中に導かれた。火鉢が置いてある。手下二人が障子を閉じた。

「それから、申し訳ないんですが、ちょいと失礼しましてこいつお願いします」

留吉は藪中の眼前で黒い布切れをひらひらとさせた。目隠しをすると言いたいのだろう。

かまうものか。

藪中が小さくうなずくと、手下の一人が藪中の背後に回り藪中の目を布切れで覆った。目の前が真っ暗になり程なくして船が出された。

船が神田川を出て大川に至ると身体が前後に揺れた。揺れ具合で船が大川を

江戸湾に下っていることがわかる。

「何処へ行く」

「まあ、そんなに時を要しませんから、しばらく辛抱してくださいな」

留吉は何がおかしいのかげらげらと笑った。

「こうなったら、まな板の上の鯉だ。好きに料理されるか」

藪中も笑った。

障子は締め切っているが川風は強く、隙間風となって忍び込んでくる。風には潮の香りが強くなっていき、揺れも次第に大きくなった。

四半時ほどして船は江戸湾に出たようだ。ここで右に大きく揺れた。船首は東に向けられたのだろう。船の揺れはさらに大きくなった。揺れに身を任せている内に気分が悪くなる。昼餉を抜いてきたため、吐くことはなかったが苦いものがこみ上げる。早く陸《おか》に着けてくれと内心で思っていると、四半時ほどして船が止められた。

「着きましたぜ」

留吉の声がした。藪中はほっと安堵し目隠しを取り払おうとしたが、

「おおっと、気が早いですよ」

留吉に止められ目隠しから手を離す。手下二人に身体を支えられ船から下りた。まだ、身体が揺れているようだ。風が尋常でない強さで濃厚な潮の匂いがし、波の音がかまびすしい。海辺に違いない。

藪中は手下たちに支えられながら歩く。いかにも覚束《おぼつか》ない足取りでどれくらい歩いたのかもわからないが、やがて屋敷らしき所に入った。枯れた草むらを歩き、建屋に足を踏み入れる。雪駄を脱がされ、式台を上がると廊下を歩かされた。廊下の冷たさが足の裏を伝わり悪寒が全身を貫いた。やがて、一室に入ると、

「お待たせしました」

留吉の声がし目隠しが外された。一瞬目の前が真っ白くなり、眩しさに目を細めた。両目の付け根を指で揉み解し周囲を見回すと十畳ほどの座敷で、畳は真新しく青々としている。

「これも、どうぞ」

留吉は大刀を返してくれた。座敷には食膳が置かれていた。

「旦那、どうぞこちらへ」

留吉に言われるまま食膳の前に座った。食膳は豪華なものだった。鯛の塩焼

き、近海物の刺身、天麩羅があり、蒔絵《まきえ》銚子に入った酒も用意されていた。どこかの高級料理屋といった様子だ。留吉は部屋の隅で控えた。

すぐに男が入って来た。岩のような大男だ。縞柄の袷を着流し、顔は頭巾で隠している。

「藪中さま、ようこそおいでくださいました」

男は藪中の向かいに座った。

「弥太郎か」

「はい、外道の弥太郎でございます」

弥太郎は頭巾を取った。藪中は目を見張った。弥太郎の顔、右半分は焼け爛《ただ》れていた。眉はなく目は潰れ耳も焼けかろうじて耳とわかる程度だ。

「こんな面相で申し訳ございません」

言葉が返せない。しばらく視線が釘付けとなったが、やがて横を向いた。

「若い時分に火事現場に遭遇しましてこんな面相になりました」

「盗みでもしたのか」

「いいえ、これでも人助けをしたんですよ」

弥太郎はけたけたと笑った。

「何処《どこ》でだ」

「江戸は日本橋の料理屋でした。もう、十年も前のことです。わたしは、木場で川並《かわなみ》をやってましてね、木場の旦那衆の寄り合いについて行ったんです。そこで火事が起きたというわけで、燃え盛る料理屋の中に飛び込みましてね、目についた木場の旦那を助け出しました。その時、燃え落ちた柱がまともに顔に当たりましてね」

弥太郎は自分の火傷を指でなぞった。

「それは気の毒に、とは言えぬ。その後のおまえの生き様を知っているからな」

「おれだって褒めて欲しいなんて考えてないさ」

弥太郎はがらりと口調を変えた。江戸の伝法な物言いとなっている。木場で川並をやっていたということは江戸の出ということか。

「この大盗人、人殺しが」

藪中は公然と非難した。

「ああ、おれは大盗人だ。人殺しよ。極悪非道、外道の弥太郎だ。今やその名は天下に轟《とどろ》いている。あんたたち、火盗改にとっちゃあ、憎んでも憎み切れない男だろうぜ」

「おれは、おまえのために、散々に誹謗中傷《ひぼうちゅうしょう》され、今や火盗改の面汚しとなっている」

「それは気の毒だな、とは言わないぞ。あんたの自業自得だ」

弥太郎はあははと大笑いをした。

「おれだって、おまえなんかに同情されたくはない」

藪中は酒を飲んだ。

「ならば、はっきり言う。あんた、おれたちの仲間になれ」

「なれとは横柄だな」

「なってくださいと手をつかねばならねえか」

「そんな必要はない。こんな腐れ武士になんぞ、手をつくほうがおかしいさ」

「仲間になるんだな」

「その前に聞かせてくれ」

藪中は声を潜めた。

「答えられることなら答えてやる」

「なに、簡単なことだ。おまえ、どうして、上方から江戸にやって来た」

「江戸は公方さまのお膝下、そのお膝元で大暴れをしたくなったのよ。火盗改や南北町奉行所を相手にな」

「おまえ、元々、江戸の出だな。木場の川並をやっていたということは古巣に戻って来たということか」

「そうさ」

弥太郎は隠す必要もないとばかりに胸を張った。

「まさか、故郷に錦を飾る、なんということを考えているのではないだろうな」

「悪いか」

「ふてぶてしい奴だ」

「ふてぶてしくなければ、盗人なんぞできやしないさ」

「押し入ってみな殺しにする必要があるのか」

「ある」

弥太郎の物言いは当然だと言わんばかりである。

「金だけ盗めばよいではないか」

「そうはいかない。跡形もなく根こそぎにしなければ、後々、捕まるかもしれねえ」

「おまえたちの人相を見ない者もいるだろう」

「そんなことはわからん。たとえ、見ていなかったとしても、もしもということがある。そのために、万が一捕まってしまっては元も子もない。根こそぎ奪うのがおれたちのやり方だ」

「まったく、外道だな」

「今のは褒め言葉と受け取っておく」

「つくづく、ふてぶてしい奴だ」

「そうでなくて盗人の頭《かしら》は務まらん」

「言ってくれるではないか」

「で、仲間に加わるのだろうな」

弥太郎は蛇のように冷たい目をした。

「そのつもりでやって来た」

「そうこなくてはな」

弥太郎は蒔絵銚子を藪中に向けた。藪中は心を決めたように杯を差し出す。

お互い並々と注ぎ、

「なら」

弥太郎の音頭で二人は酒を飲み干した。

「うめえぜ」

弥太郎は頬を綻《ほころ》ばせた。焼け爛れた肌が微妙に動く。

「おらあ、火盗改の奴を仲間に引き込むのが夢だった」

「火盗改に恨みでもあるのか」

その問いには弥太郎は答えなかった。ただ思わせぶりな薄笑いを浮かべただけである。

「とにかく、あんたは火盗改の探索の様子を聞かせてくれ。これから、江戸で大仕事をするんでな。火盗改の裏をかかなくちゃならねえ」

「わかった」

「おれたちだけの情報じゃないぞ」

「どういうことだ」

藪中が目を細めると、

「火盗改の動き全部だ。たとえば、今、江戸を騒がせている八百屋お八という火付けについてもだ」

「八百屋お八と関係があるのか」

弥太郎は藪中の問いを無視して酒を飲み続けた。

三

「どうなんだ」

藪中は問いを重ねる。

「ふん、その内わかるさ」

弥太郎はいなすような態度だ。

「あんたが仲間に加わってくれたんだ。それからおもむろに、手下どもを引き合わせるぞ」

と、留吉を目で促した。留吉はぺこりと頭を下げ出て行く。

「手下はどれくらいいるのだ」

「多少変動するが、ざっと二十人といったところだ」

「その内の一人がお累というわけだな」

「そういうことだ」

と、言っている間にぞろぞろと男たちが入って来た。みな、部屋の隅で固まったが一人の男だけは弥太郎の傍《かたわ》らに座った。

侍である。

「おめえら、今日からここにおられる火盗改の藪中さまがおれたちの仲間に加わってくださることになった。ありがたく思え」

留吉が、

「よろしくお願い致します」

と、掛け声をかけると一斉に手下たちが頭を下げた。藪中は軽く会釈をし、侍に視線を向けた。弥太郎がそれに気づき、

「佐々木次郎三郎先生だ」

佐々木は無精髭を撫で、

「佐々木だ」

と、ぶっきらぼうに言った。

「用心棒か」

藪中の問いかけには佐々木は答えず弥太郎が、

「用心棒ばかりじゃねえ。佐々木先生は押し入り先でも大活躍さ」

「ははあ、思い出したぞ。南八丁堀の宝珠屋。あそこで一刀のもとに斬られた

亡骸が二体ばかりあったが、あんたの仕業だったんだな」

「お褒めいただき、恐縮だ」

佐々木は軽く頭を下げた。

「褒めた覚えはない」

「まあ、藪中さんよ。あんたに働いてもらうつもりはねえが、ひとつ火盗改の様子を報せてくれや」

弥太郎は美味そうに天麩羅を食べた。

「報せの手段はいかにする」

「留吉に報せてくれ。留吉とはそうさなあ、日本橋の袂《たもと》、安針《あんじん》町にある茶店で接触しな」

弥太郎に視線を向けられ、留吉が頭を下げた。

「わかった。ならば、わしはそろそろ帰る。と、いってもここが何処だかわからんな。帰りも送ってくれるか」

「船で送りますよ」

留吉が答える。

「また、目隠しをされるのか」

「もう、そんなことはしませんや」

藪中は立ち上がり部屋を出た。廊下を玄関に進む。留吉がついて来る。

「ここは、どこかの商人の寮か」

「まあ、そんなとこで」

留吉は格子戸を開け表に出た。藪中も続く。海風が吹きすさんでいる。波の音が聞こえる。外は雑草が生い茂り母屋の立派さとは対照的に雑然としていた。いや、庭というよりは野原というのがふさわしい。風に材木の匂いが混じっている。

周囲を見回すと材木がうず高く積まれていた。しかも大量にである。

「あの材木は何だ」

「さあ、何でございましょう」

留吉は惚《とぼ》けて見せた。

視線を転ずると彼方に朱色の社殿が見える。海辺に建っているその姿がひどく典雅に見えた。日輪が鳥居の斜め上にあることから、神社は西の方角に所在する。となると、

「あれは、洲崎弁天《すざきべんてん》だな」

藪中が指差すと、

「そういうこって」

洲崎弁天社は元禄十年（一六九七）、五代将軍徳川綱吉《つなよし》の生母桂昌院《けいしょういん》の守本《まもり》尊として建立され、以来地元の漁師たちからは海難除《よ》けの社《やしろ》として信仰されている。

「すると、ここは、平井新田《ひらいしんでん》辺りか」

「まあ、ご推察どおりでさあ」

「木場に近い。ということはあの材木は木場の材木問屋の持ち物だろう。隠れ家は材木問屋の寮ということか」

「今日はここですがね」

「というと、日々転々としておるのか」

「まあ、そういうこって」

「だが、これまでに盗み取った金品はどうしているのだ。どこかに隠しておかねばなるまい」

「それはそうですがね」

「ここがそうなのではないか」

「旦那、妙な考えはやめてくださいよ」

留吉は探るような目つきとなった。

「妙な考えとは何だ」

「あっしらの隠れ家を火盗改に売ろうってことですよ」

「今更、そんなことをすると思うか。もう、泥水を飲んでしまったのだ」

「そうですよ。今更、どうにもなりませんや」

留吉は見下すような笑いを浮かべた。

「佐々木という男、浪人か」

「播州浪人ですよ。上方で押し込みをやっていた時、仲間に加わってくだすったのです。中々の腕ですよ。博打と酒に目がなくって、あっしらと寝泊りするのは嫌だって旅籠暮らしをなすってますよ。剣の腕といやあ、旦那もお強いんでしょうね。火盗改でいらっしゃるんですから」

「さあな」

藪中はそっぽを向いた。

「なら、船を出しますんで」

留吉は歩いて行く。庭先に堀が引き込んであり、船着場が設けられていた。

まだ、新しい。どうやら、ここを隠れ家の一つと決めて新しく作ったのだろう。

「旦那、足元に気をつけてくださいよ」

藪中は留吉に導かれ桟橋から屋根船に乗り込んだ。日が大きく西に傾いていた。右手で庇《ひさし》を作り、彼方を見ると洲崎弁天の朱塗りの社殿が眩しく感じられる。

船はゆっくりと西に向かった。背後を振り返ると桟橋に佐々木が立っていた。佐々木は不敵な笑みを浮かべ藪中を見ている。藪中も見返すと、佐々木はやおら大刀を抜いた。

抜き身が西日を受け鈍い煌《きら》めきを放った。

佐々木は二度、三度素振りをすると鞘に収めた。太刀筋からして相当な腕であることが察せられた。

海風が強くなったが、障子を開けておいた。少しでも隠れ家の道筋を頭に入れておきたいのと、潮風を浴びて酔いを醒ましたいと思ったためだ。

「おまえら、一体、どれくらい儲けたのだ」

「さあてね」

「教えてくれたっていいだろう」

藪中は砕けた調子になった。

「ざっと、五千両ってところですかね」

もっと、多いと思っていた。

「案外と少ないではないか」

「ま、江戸であと五千両稼ぎますよ。それに、盗んだのは金ばかりじゃありませんからね」

「書画、骨董の類か」

「まあ、そういうこって」

「しかし、盗品とあればいくら値打ちがあっても売り捌《さば》くこと容易ではあるまい」

「足がつきますからね。ですから、江戸まで運んで来たんでさあ」

「江戸で売り捌くというのか」

「そういうことでさあ」

「江戸では買い手がおるのか」

藪中は首を捻って見せた。

「江戸は広いですからね、買い手に不足はありませんよ。もちろん、しかるべきお方を仲介としてですけどね」

「誰だ」

「それは言えませんや」

「水臭いな」

「すみませんがね、これぱっかりはいくらあっしがお調子者でも、うかうかと話すわけにはいかねえんで」

留吉はこれまでにない固い表情となった。それを見ただけで事の重大さがわかる。

「その仲介人があの隠れ家を提供してくれておるのではないのか」

「さあ」

「おい、はっきり言え。火盗改の目がその仲介者に向いたらどうする。前以《まえもっ》て向かないようにすべきではないのか」

しばらく留吉は考えていた。

「どうなのだ」

「ま、じゃあ、木場方面とだけ言っておきましょう」

「やはり木場の材木問屋なのだな」

障子を開けているため海風が入り込み、襟に忍んでくる。木場の材木問屋が見える。弥太郎が火事から助けた男、木場の材木問屋だと言っていた。あの隠れ家は材木問屋の持ち物に違いない。

「旦那、閉めてくださいよ」

留吉は身体を震わせた。

「木場の材木問屋のどこかなんて考えて嗅ぎまわらないでくださいよ」

「わかっているさ」

「じゃねえと、あっしがお頭から叱責を受けますんでね」

「わかっていると申しただろう」

藪中はわざと不機嫌に答えた。留吉は口をつぐんだ。二人はそれから黙ったまま半時ほどで屋根舟は柳橋の船宿に着けられた。船着き場はこの寒空にもかかわらず、吉原に向かう猪牙舟《ちょきぶね》に乗り込む男たちで一杯だった。

「けっ、助平やろうどもめ」

留吉は舌打ちをした。

「ならば、これでな」

「明日、日本橋安針町で待ってますからね」

「わかった」

藪中は桟橋に降り立った。

四

直次郎は木曾屋と若年寄本庄讃岐守盛安の一件、自分の胸にだけ仕舞っておくにはあまりにも大きな問題と思った。このまま自分の胸にだけ仕舞っておいていいものではない。

かといって、無闇と公にしてしまっては大問題となる。こうなると、やはり、望月の耳にだけは入れておきたい。

同僚たちが探索へと出て、直次郎も一旦、外に出てからみなをやり過ごしておいて組屋敷へと戻った。戻ると、

「いけない、忘れ物」

と、わざと奉公人たちの耳に聞こえるように大きな声を出しながら用部屋へと急いだ。用部屋に着き、望月への面談を求めた。望月は直次郎の目を見てすぐに、

「そっちへ行こう」

と、用部屋を出て控えの間に入った。相変わらずの寒々とした座敷だ。

「昨晩、報告せずにおいたことがございます」

「よほど重要なことのようじゃな」

望月は構えることもなく鷹揚な受け止め方をした。

「若年寄本庄讃岐守さまと木場の材木問屋木曾屋が今回の火事騒動、八百屋お八の背後におります」

直次郎は思い切っていきなり本題に入った。望月はさすがに驚いたようだ。

「おまえ、そのようなことを一体どこで聞き込んできたのだ」

望月は半信半疑といった様子である。すっかり落ち着きを失くし、そわそわと視線を彷徨わせていた。いかに望月といえど、やはり、現職の若年寄がこのような大事件にからんでいるとなると、平静ではいられないのは無理もないことだ。直次郎はくれぐれも内密にしてくださいと頼んでから、兄幸太郎に浮気の心配があり、それを探索するうちに旗本村岡右兵衛助の妻菊乃が浮上し、菊乃を追跡し木曾屋と本庄讃岐守の陰謀に突き当たったことを語った。望月の顔は蒼ざめた。

「このような大事、いかにも胸の中に仕舞ってはおけませんとご報告申し上げた次第でございます」

直次郎は両手をついた。

望月は黙り込んだ。眉間に皺を刻んでいる。苦悩している様子がまざまざと見てとれた。それから、まるで独り言のように、

「相手が誰であろうと江戸を焼く者をただですませるわけにはいかん」

「おそらく、南町奉行所は臥煙の卯之吉を徹底的に張り込んでおるものと存じます。ですから、八百屋お八一味が今度火付けに及べば、すぐに捕縛できるものと存じますが……」

「それでは、本庄さまや木曾屋の責任がうやむやにされる。そして、ほとぼりが冷めた頃、またぞろ、陰謀が巡らされるかもしれない」

「おっしゃる通りです」

「ということは、実行する下手人の捕縛は町方に任せるとして、我らは本庄さまと木曾屋をなんとしても捕縛せねばならん」

「御意にございます」

「それには」

望月はここで一段と苦悩の色を濃くした。

「それには、木曾屋から辿るべきと存じますが」

直次郎の申し出に、

「それでは弱い気がする。たとえ木曾屋を捕縛しても本庄さまに惚けられてはどうしようもない」

直次郎はじっと考えそれからはっとしたように、

「村岡右兵衛助さまの線。つまり、賄賂《まいない》」

望月もはたと膝を打ち、

「そうじゃ」

「村岡さまに本庄さまへの賄賂を認めさせれば、少なくとも本庄さまを評定の場へ引きずり出すことができます。そして、一旦、本庄さまが罪人ともなれば」

「本庄さまが若年寄でなくなってしまえば、こちらも攻めることができるというものじゃ」

「御意」

「おまえ、中々、知恵が回るようになったではないか」

「いえ、まだまだです」

褒められても、本庄や木曾屋が捕まっていない以上少しもうれしくはない。

「ならば、このこと、お頭へはわしから報告致す。そして、他の者へは伏せておく。おまえも、くれぐれも他言無用とせよ」

「かしこまりました」

望月に報告したことで幾分か気持ちが軽くなった。

「では、これから木曾屋の内偵に行ってまいります」

「頼む」

望月は表情を消し、同僚たちにも悟られまいと普段通りの所作で用部屋へ戻って行った。直次郎も感情を表に出さないように気をつけながら外に出た。

出ると、急ぎ足となった。

直次郎は四谷仲町通りを進んだ。既に朝の支度を終えた者たちで往来は一杯である。と、その中で見覚えのある娘の姿がある。お累だ。

声をかけようと思ったが、お累の目はこれまでに見たこともない険《けん》がある。

何か嫌なことでもあったのか、話しかけるのを遠慮していると、お累のほうで

直次郎に気がついた。厳しい目が和らぎ、

「これは、桐生さま」

と、丁寧に腰を折った。

「おお」

気さくに声をかける。

「行ってらっしゃいませ」

「ああ、ありがとう」

行き過ぎようとしてふと振り返り、

「昨晩、あれから藪中さんを訪ねたんだ」

「まあ、そうでしたの」

お累は小首を傾げた。

「藪中さんにおまえも心配しておると言っておいたぞ」

「それは、畏れ入ります。藪中さま、元気にしていらっしゃいましたか」

「ああ、今朝は早くから探索に出かけられた」

「それはようございました」

お累は組屋敷へと戻って行った。

直次郎の胸になんともいえぬ違和感が残った。それが何かはわからない。

「ふ〜ん」

ため息を漏らし気を取り直すと道を急いだ。今朝、藪中は望月に面談を求めていた。探索への決意を伝えたに違いない。自分も負けてはいられない。

そう思うと、

「行くぞ」

と、自分を叱咤した。

八百屋お八がこの江戸を火の海にする前に一網打尽にせねば。そうしなければ、大勢の人間が死ぬ。

火盗改は若年寄支配下だ。

下手をすれば、山際以下火盗改の動きは本庄によって押さえ込まれてしまうかもしれない。そんなことになっては八百屋お八一味や外道の弥太郎一味の思う壺だ。

直次郎は寒空を見上げた。重苦しく垂れ込めた分厚い雲は立ちはだかる敵の不気味さを思わせた。

第七章　貞淑の恥辱

一

昼下がり、直次郎は木場にやって来た。

木場は堀と橋の町だ。足を踏み入れただけで木の香りが立ち上り、大勢の人間が行き交っている。みな材木に携わる者ばかりだ。材木問屋の奉公人、川並、筏師《いかだし》、木挽《こび》き、荷揚げ人足といった者たちが忙しそうに働いている。このところの火事騒ぎで材木の需要は凄まじいものがあり、町全体が活気に満ちていた。

木曾屋は当然ながら通常の営みが行われている。直次郎は店の裏手に回った。知らず知らずの内に菊乃の姿を追い求めたがさすがにいない。本庄の姿も都合よくは見当たらなかった。となると、ただここで動きを見張っていたとて芸がない。かといって、目立つような聞き込みもできない。

直次郎は木場の南の端、平野川《ひらのがわ》に沿って設けられた材木置き場に至った。

広々とした敷地に材木問屋ごとに材木が積まれている。うず高く積まれた材木の香りが海風に交じり、微妙な匂いとなって鼻先をくすぐる。見上げると洲崎弁天社の社殿が見えた。

木曾屋の材木を探した。さぞかし大量の材木を仕入れていることだろうと思い所在を探したが見つからない。代わりに甲府屋《こうふや》、山城屋《やましろや》といった材木問屋が大量の材木を確保している。

木場の者に木曾屋の内情を聞くべきだと、半纏に股引姿の男に声をかける。川並のようだ。

ここは、素性を語ったほうがいい。火盗改が木場の様子を探るのは不自然ではない。

「火盗改である」

男は神妙に頭を下げる。無用の警戒心を抱かせてしまっては聞き込みの成果は得られない。頬を綻ばせできるだけ表情を柔らかに積まれた材木をさすりながら、

「よい材木だな。それに見映えよく積んである。崩れる心配もなさそうだ」

兄から職人は腕を褒めてやることが一番だ。そうすれば心を開いてくれると

聞いたことがある。果たして男は仕事を褒められ気分良さそうに、

「このところ、火事が多いですからね、いつでも需要に応えられるようにしなきゃいけません。旦那、例の八百屋お八の奴、どうなりやしたか」

「全力で追っているところだ」

「早く捕まえてくだせえよ。あっしら、忙しくっていけねえや。ま、いけねえっていうのはおかしなもんだが、お八のせいで忙しくなるってえのも考えもんですからね」

「町方と競争して追っているんだ」

「あっしらも毎日、競争です。材木を手早く扱うのもあっしらの腕の見せどころですからね」

男は心持ち誇るようだ。

「ところで、今、木場で威勢がいいのはどこの材木問屋だ」

「甲府屋さん山城屋さんといったところですかね」

「なるほど、この材木置き場も甲府屋と山城屋の材木が多いはずだ」

直次郎は筏《いかだ》に組まれた材木の仕事ぶりを褒め称えた。それからおもむろに、

「ところで、木曾屋はどうだ」

「木曾屋さんですか」

男は首をひねる。

「木曾屋の材木が見当たらないが」

「そうなんですよ。このところ、景気が悪いようなんです」

「そうかな、景気がいいと聞いたことがあるんだがな」

「ですが、材木はここにはありませんね」

「すると、何処に」

「さあてね」

男は首を捻るばかりだ。これ以上はこれといって聞き出せそうにない。

「邪魔したな」

「旦那、早く悪党を捕まえてくださいましよ」

「必ず捕まえる」

直次郎は材木置き場を出ると北に向かって歩き、木曾屋に至った。木曾屋の奉公人たちは忙しげに仕事をしている。とても、不景気には見えない。

となると、材木は何処にある。

木曾屋から出て来る手代たちの会話をそれとなく立ち聞きをする。すると、

「寮のほうは大丈夫だろうね」

「今日も材木を運び込んでおきました」

「わかった。どれくらい入ったか見てこようか」

手代は小走りに材木置き場の方に向かった。

直次郎は距離を取り手代の後を追う。手代は材木置き場を横切り、平野川に架かる江島橋《えじまばし》を渡る。渡ると洲崎弁天社を右手に平野川沿いを東に歩き、平井新田に足を踏み入れた。

手代は田圃《たんぼ》の畦道《あぜみち》に足を踏み入れた。一面に枯田《かれた》が広がっている。切り株が散在した真っ黒な田は虫の息すらない冬ざれの光景だ。なんとも物寂しい冬野を二町ほど歩くと、こんもりとした雑木林があった。そこを抜けると藁葺《わらぶき》屋根の家が見えてきた。生垣が巡らされ、藁葺屋根の母屋がある。それに庭とはいえない野原があった。

その手入れがされていない雑然とした風情は、ここが寮とすれば木曾屋が本当に不景気だと思わせるものだった。だが近づくに従い、

「おお」

直次郎は思わず大きな声を漏らしてしまった。

そこには木場の材木置き場にも負けないくらいの材木が積まれてあった。まさしく材木の宝庫である。

――これで読めた――

木曾屋はここに材木を隠し持っている。そして、大火となった時にこの材木を使うつもりなのだろう。

すると……。

木曾屋の狙いは木場の材木置き場にある材木なのではないか。今、材木置き場には八百屋お八の火付けによる火事騒ぎで大量の材木が仕入れられている。そして、飛ぶように売れている。江戸中の大店が八百屋お八を恐れ、万が一の火事に備えているのだ。

その材木置き場の材木を焼いてしまったらどうなる。木場の材木問屋は供給する材木がなくなり、材木の値は天井知らずとなろう。木曾屋の確保する材木はまさに引く手あまたとなるのだ。

若年寄本庄讃岐守は老中の失政を責め、尚且《なおか》つおのが屋敷に出入りをしている木曾屋が役立てば大いに面目を施すだろう。莫大な利を得た木曾屋からも相当な賄賂が贈られるはずだ。その金を使って大奥や幕閣に工作し老中の地位を手に入れる、そんな筋書きを描いているのではないか。

「おのれ」

材木を見ている内に腹が立ってきた。

このまま放っておくことはできない。奴らが行動に移る前になんとかせねば。

直次郎は踵を返そうとした。

すると、母屋の格子戸が開き、男が出て来た。咄嗟に直次郎は生垣の陰に潜んでそっと様子を窺う。

「ああ」

今日何度目かの驚きだ。やくざ者風の男と共に藪中音吉が出て来たのだ。

――藪中さん、あんた――

一体、ここで何をしているのだ。

そう内心で問いかけたが、それは問うまでもないような気がした。藪中は木曾屋と通じたに違いない。藪中は果たして木曾屋が八百屋お八を操っていることを知っているのだろうか。

知っているに違いない。

でなければ、こんな人里離れた、誰も足を踏み入れないような場所に来るはずがない。その上気になるのは、あの母屋。八百屋お八の隠れ家ではないか。

様々な考えが脳裏を過ぎっていると、藪中はやくざ者の案内で掘割に向かった。そこが船着場になっていて屋根船が繋いである。藪中はやくざ者とその船に乗り込んだ。

あの船で送り迎えをするのだろか。

藪中は八百屋お八とつるんでいるのか。木曾屋と通じていることはつるんでいるも同然だ。いくら追い詰められているとはいえ、火盗改として一人の武士として、いや、一人の人間として許されざる行いだ。

桟橋に一人の武士が立った。

西日を受け茜に染まったその横顔は、まごうことなき佐々木次郎三郎である。

——どういうことだ——

佐々木がここにいる。

佐々木は外道の弥太郎一味ではなかったということか。それが、八百屋お八の隠れ家にいる。どのみち、悪党に武士の魂を売ったことに変わりはないのだが……。

佐々木はやおら大刀を抜き素振りをした。

相変わらずの鮮やかな手並みである。その立ち居振る舞いはすご腕であることを確信させる。

藪中を乗せた屋根船が夕陽に消えてから佐々木は木曾屋の寮を足早に立ち去った。直次郎は迷った。

佐々木を追うべきか、母屋を探るべきか、それとも藪中に事の次第を質すべきか。

「藪中さんだ」

藪中に確かめることを優先すべきた。藪中に聞けば、事情がわかる。木曾屋の寮の実態、八百屋お八との関わり。そして、藪中がどうしてそこに居たのか。もし、藪中が木曾屋に抱き込まれたとすると、火盗改の内情が木曾屋たちに筒抜けとなってしまう。

そんなことがあってはならない。

直次郎は先を急いだ。

二

藪中は山際仙十郎の組屋敷に戻るとそのまま奥の事務方に向かった。その中から十年前の日誌を探すつもりだ。誰に聞くともなく、

「十年前の記録が見たいのだが」

年配の同心が書棚から日誌を引っ張り出してくれた。藪中はそれをひっくり返し、目を皿のようにしながら頁を捲《めく》った。程なくして手を止め、

「あった」

と、呟く。

「これ、借ります」

言うと凄い顔をしながら与力用部屋へと向かった。そして、襖越しにかけた。

「望月さま、藪中です」

という声は興奮で震えていた。襖が開けられ望月が出て来た。その目は期待で満ち溢れている。

「外道の一味に潜り込みました」

「でかした」

望月は大きくうなずき、用部屋に引き入れた。中は誰もいない。

「それから、これをご覧ください」

藪中は十年前の日誌を示した。日本橋の料理屋が燃え、その際に木場の材木問屋木曾屋が危うく焼け死ぬところだったが粂太郎《くめたろう》という川並が助けた、ところが、当時の火盗改は粂太郎が火付けをしたと疑い捕縛をしたことが記されている。

散々拷問を加えたが、粂太郎は無実を訴えた。その内、火事は料理屋の奉公人の火の不始末とわかった。

粂太郎は恨みを呑んだまま放免された。

「この粂太郎こそが外道の弥太郎でございます」

藪中はお累に誘われ、留吉の案内で洲崎弁天近くの隠れ家に行ったことを語った。望月の表情は険しくなっていく。

そこへ、

「望月さま」

と、直次郎がやって来た。

それより少し前、直次郎は組屋敷に戻ると藤吉に藪中の所在を聞いた。藤吉は藪中が与力用部屋に望月を訪ねたことを語った。

「すまぬ」

一言礼を述べると足早に用部屋に向かった。藪中は一体、何を考えている。望月に誤った情報を伝えるのではないか。

こうなったら、藪中への同情は無用である。事の真相をはっきりさせなくてはならない。用部屋の前にお累がいた。お累は用部屋に用事でもあるのか、襖の前に座ろうとしている。

「お累」

声をかけるとお累は振り返り笑みを浮かべた。が、その笑顔は心なしか引き攣《つ》って見えた。今朝見た険のある表情と通じるものがある。

「どうした、何か用か」

「なんでもございません」

お累はそそくさと立ち去った。いぶかしみながら望月を呼ばわり、許しを確かめてから襖を開けた。

「望月さま」

声をかけながら横にいる藪中に視線を注いだ。

「どうした」

「ご報告でございます」

「そうか、ならば、控えの間にて待て」

「承知しました。それでは、畏れ入りますが藪中さんも一緒に」

藪中は温厚な顔で、

「わしもか」

その間の抜けた声音は直次郎をして、語気を強めさせることになった。

「そうです」

そう一言残すと腰を上げ用部屋から出て控えの間に入った。望月と藪中も待つことなく入って来た。

「なんぞ、重要な報告であるのか」

「むろんです」

直次郎は藪中を睨んだ。藪中は、

「ちょっと、失礼」

と、言いながら襖を開け廊下を見回した。その態度に直次郎は出端《でばな》を挫《くじ》かれたが、

「藪中さんもお座りください」

望月が、

「ずいぶんと機嫌が斜めのようじゃのう」

「失礼ですが、わたしの機嫌などどうでもよいのです。藪中さん、今日、どちらにおいでした」

「探索に決まっているだろう」

藪中の目は探るように凝らされた。

「ですから、どちらです。ちなみに、わたしは木場に行きました。木場から洲崎弁天社を経て平井新田にある木曾屋の寮へ探りを入れたのです」

藪中は驚いたように口を半開きにした。何か言葉を発するように口をもごもごとさせていたが、望月が、

「藪中、話せ」

と、促すと藪中はうなずき、

「桐生、あれは木曾屋の寮だったのか」

「まさか、ご存じなかったのですか」

藪中は惚けているのか本当に知らなかったのか、真偽がわからない。

「わしは外道の弥太郎一味の隠れ家に乗り込んだ。どこかの商人の寮とは思ったが。しかし、十年前の経緯を知れば、それが当然だな」

ここで望月が、

「実はのう、誰にも打ちあけておらんのじゃが、藪中には囮《おとり》になってもらったのじゃ」

「囮ですか」

今度は直次郎が驚く番だった。

「藪中には辛い思いをさせたが、わしの申し出を受けてくれた」

「わたしには後がございませんから」

「一体、どのようなことですか」

「藪中を徹底的に無能で役に立たない火盗改として世に知らしめることをした。高札を用意したり、瓦版に書かせたりしてじゃ。藪中はさぞや辛かったであろう。なにせ、同僚からも口汚く罵られたのじゃからな。じゃが、そうまでしなければ、外道の弥太郎は藪中に接してこないと思った。惨いが、敵を欺《あざむ》くには味方からだ」

「そんなことが」

直次郎は藪中を見た。

「藪中は重大な決意をしてくれたのだ。下手をすれば裏切り者のそしりを受け、火盗改をやめねばならない。それに、外道の弥太郎一味に接触できたとして、見破られれば連中から殺されるかもしれない。それを承知でよく決意をしてくれたものじゃ」

「お褒めの言葉は、外道一味を一網打尽にしてからです」

藪中は言った。

「藪中さん、知らぬこととは申せ、わたしは藪中さんのことを疑ってしまいました」

直次郎はうなだれた。自分は藪中を助けるなどと、おこがましくも思っていた。自分の人を見る目の浅さ、自分の傲慢さを思い知らされた。

「謝るようなことじゃない」

藪中ははにかんだような笑みを浮かべた。

「いいえ、わたしはなっていません」

「おまえに裏切り者と思われたということは、それだけ今回の企てがうまくいったということなのだから、むしろ、わしは安心した」

「そうかもしれませんが」

「ところで、望月さま、桐生」

薮中は目つきを変えた。直次郎も望月も構え直す。

「奉公の女中、お累ですが」

薮中はお累が外道の弥太郎一味だと明かした。望月は薄く笑ったが直次郎は大いに驚き、

「お累が外道の弥太郎一味……」

驚いたものの納得できる。お累が見せた表情の違和感。それに、先ほどの探るような様子。なるほど、そういうことだったのか。

「ならば、好都合というものじゃ。薮中の行いをお累を通じて外道一味に報せ、目くらましができるというもの」

望月はお累を泳がせておくと言った。

「わたしは木曾屋を探る内に薮中殿を見たのですが、木曾屋は八百屋お八を操っております」

「それだ。わしも今しがた十年前の日誌で木曾屋と弥太郎の繋がりを知った」

「ということは、やはり、八百屋お八、すなわち木曾屋と外道の弥太郎は関係があったと考えるべきなのですね」

「そうだ。奴ら、共に江戸で大仕事をしようと思っているんだ」

「そのことにつきましては、望月さまにご報告申し上げたのですが」

直次郎は望月に目で確認を求めた。望月は黙ってうなずく。

「木曾屋の背後には若年寄本庄讃岐守さまがおるのです」

「若年寄さまが」

藪中は唇を嚙んだ。

「木曾屋は寮に大量の材木を備蓄し、木場の材木置き場にある材木を焼き払う企てのようです。そして、その期日は二日後の十五日、紀州から大量の材木が木場に運ばれる頃でしょう。その日、雨が降らなければ実行するのではないでしょうか」

「今、町奉行所も江戸市中の夜回り、火の用心を強化している。木場には注意が向けられていない」

「ならば、先手を打って一味を捕縛しましょう」

藪中が身を乗り出した。

「そうじゃな」

望月は思案するように腕組みをした。

「それでは木曾屋までは罪を問えるかもしれませんが、本庄さまの罪はうやむやになるのではないでしょうか」

直次郎は問いかけた。

「木曾屋から辿《たど》ることはできませんか」

藪中が応える。

「そうじゃのう」

望月は苦悩に顔を歪ませた。

「できます。木曾屋に白状させればよいのです」

藪中はこれまでとは別人のように生き生きとしている。

「いや、むずかしかろうな。相手は若年寄だ。木曾屋だけの自白では黙殺されてしまう。それに火盗改は若年寄支配。よほどの証がないと探索の言いがかりをつけられ、お頭をお役御免にするかもしれん」

「でも、時はありません。このままでは奴らは火を放ってしまいます」

薮中は必死だ。

直次郎が、

「今、南町奉行所が臥煙の卯之吉を追っています。卯之吉の線から本庄さまの捕縛を」

「それこそ困難であろう」

薮中は不服そうだ。

「ここは思案のしどころじゃ。焦ってはいかん。知恵を絞らねばのう」

望月は腕組みをした。

三

「こうなったら、現場を押さえるしかないのではございませんか。つまり、明後日、木場の材木に火がかけられます。その時、外道の弥太郎も火事に乗じて盗み働きをするでしょう。そこで、いっそのこと木場の木曾屋に悪人どもを一同に集めてはいかがでしょう」

直次郎が言った。望月は顔をしかめたまま、

「集めるとは、まさか、本庄さままでもか」

「いかにも」

「そう都合よくいくものか」

望月は藪中を見た。

「桐生、何か考えがあるのか」

藪中は直次郎の決意の表情を見て何かを察したようだ。

直次郎には村岡菊乃のことが頭にある。菊乃の協力を求められないだろうか。菊乃に本庄をおびき出させる。それには菊乃の協力を得なければならない。そんなことができようか。直次郎は自信のなさから具体的な考えを話せない。

「ここは、わたしにお任せいただけませんでしょうか」

「だから、どのような算段があるのじゃ」

望月も思案に行き詰まったのだろう、苛立ちを隠せない。

「わたしなりに思案を致しまして、なんとか段取りたいと存じます」

「なんとも、心もとないのう」

望月は苦笑を漏らした。直次郎は返す言葉がなく口を閉ざした。藪中は重苦しくなった空気を和らげるように、

「とにかく、わたしは弥太郎が明後日の晩、木場のあの隠れ家におるようにしたいと思います」

「どうする」

「木場の材木問屋に押し込むよう話を持っていきます。いずれかの問屋を狙うのに丁度いいと吹き込みます。でないと、奴ら、江戸市中のどこに押し込むかわかりません。木場の問屋、ええっと」

すかさず直次郎が、

「それなら、甲府屋か山城屋がよいと思います。どちらも今、木場で最も景気が良いと評判でございますので」

「ならば、山城屋にしよう。木曾屋の近くだ。弥太郎はきっと食指を動かすに違いない。それには、山城屋に向かわせるだけの強い理由を弥太郎に与えてやります」

藪中はニヤリとした。

「どうした」

望月は藪中の顔を見て何か思いついたのだろうと見当をつけたようだ。

「十年前の火事です」

「危うく、木曾屋勘兵衛が焼け死ぬところだった火事か」

「いかにも。あの時、木場の旦那衆が寄り合いをしていました。その場には山城屋の主門次郎《もんじろう》もおりました。甲府屋の主はまだ若く、その寄り合いには出ておりません。そこでで、ございます。あの時、弥太郎、当時の粂太郎が火付けをしたと火盗改に垂れ込んだのは山城屋門次郎だと吹き込んでやります」

「なるほど」

直次郎は手を打った。望月も大きくうなずき、

「よし、それをやろう。そうじゃな、それを本当らしく見せるため」

望月は薮中が持つ十年前の日誌に視線を向けた。薮中は望月の考えを察知したように日誌を取り上げ、

「この日誌の中に粂太郎を火盗改の密告したのは山城屋門次郎だという記録をこさえて、それを弥太郎に見せてやります」

「そうじゃ」

「弥太郎め、さぞや怒るでしょう」

薮中はほくそ笑んだ。

「薮中さん、冴《さ》えてますね」

直次郎は不遜ながら別人を見る思いだ。

「桐生に褒められたか」

「生意気申しました」

「なんの、かまわん」

藪中は顔色もすっかり艶めいていた。それを見るとうれしくてならない。

「とにかく、弥太郎とお八を木場に集め、一網打尽にする。このことは他言無用ぞ」

「みなにはいつ伝えますか」

直次郎が聞く。

「当日になってからじゃ。それまでは、木場には見向きもしない。わしは、上野から浅草を重点的に回るよう指示する。特に……」

望月はそこで意味ありげに声を潜ませた。

「お累ですか」

すかさず、藪中は察した。

「そうじゃ。お累にも火盗改は上野から浅草に向けて探索と夜回りを行っておることを知らしめる。さらに、神田、日本橋から芝にかけては、南北町奉行所が夜回りを強化したと告げよう」

「これで、すっかり、弥太郎も木場に目を向けることになりますね」

「そうじゃ。頼むぞ。わしはこれからお頭にこれまでのことを報告する。そして、明後日の捕物出役《しゅっやく》の準備をする」

望月は表情を引き締め、控えの間から出て行った。藪中は直次郎に向き直った。

「桐生、おまえの励まし、感謝するぞ」

「いえ、わたしは、事情も知らず藪中さんを疑ってしまったのです」

「だから、先ほども申したように怒ってなどおらん。むしろ、おまえを欺けたことでほっとしておる」

「そう言っていただけると、わたしも肩の荷がおります」

「おまえは生まじめだな」

「融通が利かないだけです」

「人柄がよい。人当たりのよい男だ」

「商人の倅でございます。人当たりのよさは身に染みておりますから」

「おまえの武器かもしれんな。火盗改というのはとにかく腕っ節の強い、力にものを言わせる連中が多い。なにせ、捕縛するのは火付けや盗賊という凶悪な連中ばかりだからな。町人たちを相手にする町方とは違う。そんな連中と伍しておまえは頑張っておる」

「まだまだですよ」

「何も照れることはない。おまえは自分のよき点を生かして職務に励めばよいと思う」

「ありがとうございます」

「いや、つい、説教じみた話をしてしまった」

「ありがたいと思いました」

「ならば、明日な」

藪中は腰を上げた。

「藪中さん。今度のお役目が成就しましたら、一杯飲みませんか」

「いいな」

藪中は頬を緩めた。

「楽しみにしています」

「あまり、高い店は駄目だぞ」

「わたしの幼馴染が営んでおります飯屋があります。小ぢんまりとした店ですが、料理は中々美味いのです」

「それはいい」

藪中の顔がさらに緩んだ。どうやら、酒が好きそうだ。藪中は笑みを残し部屋から出て行った。

直次郎の胸にじんわりとしたやる気が湧いてきた。なんとしても、悪党一味を一網打尽にしなければならない。

気がかりなのは本庄讃岐守だ。このまま野放しにしておいていいはずがない。なんとしても裁きを受けさせねばならない。

直次郎は胸に本庄への怒りを抱きながら部屋を出た。廊下を進み玄関に至ると、足早に組屋敷に戻った。


玄関を開けるとすぐに美緒が出迎えに来た。

「ただいま戻った」

声をかけると美緒は伏し目がちである。出迎えの挨拶もしないで、

「お客さまがお待ちです」

「どなただ」

「女の方ですよ」

美緒の物言いはぶっきらぼうだ。悋気の虫を起こしたようだ。それにしても女の客とはといぶかしむと、

「菊乃さまとおっしゃいました。ずいぶんとおきれいな方ですね」

「菊乃殿か」

思わず廊下を小走りになった。

「そんなに喜ばしいのですか」

背中で美緒の声がした。

四

居間に入るとまごうことなき菊乃が待っていた。

「夜分、お邪魔しております」

菊乃は凛《りん》とした声を放った。その様子は品格を失わない毅然としたものの、明らかな憂いを漂わせていた。

「村岡菊乃殿ですね」

「はい」

菊乃は目を伏せた。

美緒は茶を淹《い》れ、そそくさと出て行った。

「兄上さまには大変にお世話になりました」

菊乃は幸太郎が行った二百両の貸付を言っているのだろうが、直次郎はそのことには言及せずにいた。

「本日、まいりましたのは兄上さまからあなたさまのことをお聞きしたからなのです」

「兄が、何を申しましたか」

「弟があらぬ誤解をしておる、と」

菊乃はここで言葉を濁した。おそらく幸太郎から直次郎が菊乃との関係を不義密通と思っていると告げられたのだろう。

「そのように思われましたこと、まことに申し訳ございません。これだけは申しておきます。わたくしと兄上さまとは一切、やましい関係はございません」

それは凛とした物言いで、不審な思いを抱かせる余地はなかった。わざわざ、直次郎を訪ね、そのことを言ってくるとは、よほど悔しい思いをしたということか。

「あらぬ疑いを抱いたこと、まことに申し訳ございません」

「誤解を招いたのはわたくしの不徳の致すところでございます」

菊乃は深々と頭を下げる。

「どうか、お手を上げてください」

菊乃は顔を上げると、

「そのことをどうしても申し上げたくて夜分にもかかわらず、お邪魔をしてしまいました」

と、用件は済んだとばかりにこれで失礼しますと、腰を浮かした。直次郎はこの時をおいて他にはないと思った。

「一つお願いがございます」

直次郎の力強い物言いにより菊乃は腰を落ち着けた。

「何でございましょう」

「兄から借りた二百両、若年寄本庄讃岐守さまにお渡しになりましたね」

「なにをおっしゃるのですか」

「お渡しになりましたね」

菊乃は冷めた口調で、

「そのようなこと、お答えすることできません」

「お渡しにならられたはず。その上、本庄さまは菊乃殿までも要求なすった」

とたんに菊乃は険しい表情になった。

「どうして、そのようなこと」

「失礼ながら、わたしはあの時、木曾屋の縁の下におったのです」

「なんと」

菊乃は視線を揺らした。それでも、動揺を悟られまいと唇を嚙み息が乱れることを防いでいる。

「あの時、火事だと騒ぎ立てたのはわたしです。わたしは兄の浮気がどうしても気になりました。偶々《たまたま》、両国西小路の茶店で兄と菊乃殿が一緒だったのを失礼ながら尾けたのです。そうしましたら、木曾屋にあなたが入っていかれた。わたしは堪らず、探りを入れてしまいました」

菊乃は小さくため息を吐き、

「そうでしたか。さすがは、火盗改の同心でいらっしゃいますわね。ともかく、あなたさまのお蔭で助かったのですから、ここはお礼を申さねばなりませんね。いかにも、わたくしは二百両を本庄さまに贈りました。本庄さまが御老中になられた暁には殿さまを然るべきお役職に就けていただくためです。ともかく、あなたさまにはお礼申し上げます」

菊乃は頭を垂れたもののその言葉の端々には、他人の暮らしを探ることへの蔑みと嫌悪が感じられた。自分がどう思われようとどうでもいい。そんなことより、せっかく菊乃の方から訪ねて来たという好機を逃してはならない。

「礼などはよろしいのです。それより、そこで思いがけない事実を知りました。本庄讃岐守さまと木曾屋勘兵衛の企てです」

「企てなどと、そのような不穏なものなのですか」

「いかにもその通りです」

「一体、どんなことです」

「このところ江戸で頻発しております火事騒動をご存じですね」

「八百屋お八を名乗る不届きな者が行っていると聞きます」

「そのお八の背後には本庄さまと木曾屋がおるのです」

「まさか」

「まさかではございません。村岡さまは定火消しをお務めでございますね」

「それがいかがしましたか」

「火消し人足の中に卯之吉という男がおりましたね。卯之吉は本庄さまに請われて本庄さまのお屋敷に寝泊りしておるはずです」

菊乃は警戒心を抱いたのか黙っている。否定しないところを見定めて、直次郎は話を続ける。

「その卯之吉に火付けをやらせております」

「信じられません」

「事実です」

菊乃はしばらく考える風だったが、

「本庄さまはそんなことをして何を望んでおられるのですか」

「老中の座です」

直次郎はこうなったら洗いざらい話しておこうと思った。威儀を正すと菊乃も背筋を伸ばした。直次郎は本庄と木曾屋が木場の材木に火を放ち、材木の値上がりに便乗して莫大な利を得ること、本庄はその金を使って老中の地位を狙うこと、さらには、木曾屋と外道の弥太郎一味とは深いつながりがあることに言及した。

菊乃は衝撃を受けたようだが、

「本庄さまならありそうですわ」

と、冷ややかに答えた。本庄からの恥辱が脳裏を占めているのだろう。

「それでです、菊乃殿に本庄さまの罪を暴くべくご助力をいただきたいのです」

「しかし、それは」

菊乃は躊躇いを示した。無理もない。いきなり、本庄の企てを聞いただけでも衝撃を受けたのに違いないのに、その上罪状の弾劾に助力せよと言われてもすぐに承諾できるはずがない。

「どうかお願いします。このまま、本庄さまを放っておけば、江戸の町は火の海になります。そのような邪《よこしま》なお方が御公儀の重職に留まってよいものでしょうか。それに、失礼を承知で申しますが、本庄さまは性懲《しょうこ》りもなく菊乃殿を」

ここまで言った時、

「いいでしょう」

菊乃は直次郎の言葉を遮《さえぎ》り承知した。

「本庄さまからこれ以上恥辱を受けること、我慢できません。殿さまは、本庄さまがわたしを狙っていることを知った上で本庄さまの所に通わせているのです」

菊乃は悔しそうに唇を噛んだ。

「わかりました。あなたさまが申されるように、わたくしのことより本庄讃岐守という武士の風上にも置けぬ男を若年寄、さらには老中などにさせてはなりません。それより何より、江戸の町を火事にさせてはなりません」

菊乃は固い決意を示すように目に光を帯びさせた。

「かたじけない」

「これは、あなたさまのためではありません。わたし自身、本庄讃岐守という男を許してはおけないのです。どのようにすればよろしいのですか」

「明後日の夕刻、本庄さまを呼び出してください。木曾屋で会いたいと文をしたためていただきたいのです」

「明後日の夕刻、木曾屋ですね。承知しました。そこで、本庄さまの罪状を明らかにするような言動を引き出せと申されるのですね」

さすがに菊乃は聡明である。直次郎の意図を正確に察知している。

「できるだけ具体的な話、どうして自分が老中になれるのかを突っ込んでみてください。そして、本庄さまこそが八百屋お八による火事騒動の黒幕であると、評定所で証言してほしいのです。万が一にも、菊乃どのに害が及びませんよう私がお守りします」

「あなたさまのお指図は受けません」

「では、私の申し出をお断りになるのですか」

「いいえ。ご助力致します。ただし、私のやり方でお引き受けするのです」

「どういうことですか」

「申せません。申せませんが、女の操《みさお》をかけてお引き受け致します。本庄の悪《あく》行《ぎょう》は必ず暴きます。そして、その報いを受けさせます」

菊乃は有無を言わせない強い目をした。これ以上、どんな要望も聞く耳を持たないようだ。それだけに、直次郎は菊乃の本気を感じた。

菊乃は腰を上げた。

「夜道、大丈夫ですか」

「駕籠を待たせております。それに、家人に警護させますのでご心配なく」

菊乃は表情を和らげた。直次郎は菊乃を玄関まで送った。菊乃の姿が見えな

くなったところで美緒がやって来た。また、焼餅を焼かれるのではないかと覚悟を決めたが、

「夜、遅くまでご苦労さまです」

意外にも美緒はおとなしかった。まさか、立ち聞きをしていたのではないだろうかといぶかっていると、

「母上に叱責されました。もっと、旦那さまを信じなさいと」

「母上がそのようなことを」

「旦那さま、どうかお身体を大切になすってくださいね」

「ありがとう」

直次郎の胸に温かいものがこみ上げた。

第八章　木場の一網打尽

一

　翌日十一月十四日の朝、望月は大広間に同心たちを集めた。一同の顔にはこれといった手がかりが得られないため焦りの色が浮かんでいる。そこへ山際仙十郎が現れたものだから、いやが上でも張り詰めた空気が漂った。

　みな、背筋をぴんと伸ばし山際に視線を集めた。山際の顔にも厳しいものがある。山際は空咳をしてから、

「みな、日々探索ご苦労である。みなの精進にもかかわらず、八百屋お八、外道の弥太郎、共に行方が知れん」

　ここで誰からともなくうめき声が漏れた。山際はそれを見定め、

「ところが、ここに至り八百屋お八が神田から両国にかけて火付けを行うらしきことがわかった。それも、今晩か明日の晩だという」

ここで大きなざわめきが起きた。

西村が立ち上がり、

「どこから、そのような情報がもたらされたのでございますか」

その問いには望月が答えた。

「それは明かせぬ」

西村は心外だとばかりに、

「それではその話、信憑性に欠けます。我らこの数日、足を棒にして探索を行いましたが、そのような情報は耳にしません」

望月はそれに反論しようとしたが、山際自らが、

「ネタ元を明かすことはできんが、これだけは申す。南北町奉行所もこのネタに沿って、今晩と明晩は神田から両国にかけて隠密廻りを配置するとのことじゃ」

望月がすかさず、

「我らも負けておれんぞ」

西村もここに至って、

「わかりました。八百屋お八はなんとしも我らの手でお縄にします」

同心たちは一斉に気勢を上げた。

「みな、励め」

山際は太い声を出し、解散を告げた。大広間ががらんとなり、直次郎も表に出ようとした。お累が庭先を掃いている。こうして見るとごく普通の娘にしか見えない。とても極悪非道の盗人一味とは思えなかった。

直次郎と視線が合い、

「行ってらっしゃいませ」

と、微笑む姿は働き者の女中そのものである。ここで自分が気持ちの乱れを顔に出してしまっては火盗改失格である。

「行ってくる。今晩と明日の晩は忙しい」

と、さも大変そうに眉をしかめて見せた。

「御用ですか」

お累は聞いてくる。

「まあな」

「ご苦労さまです」

お累の声を背に受けながら表に出た。

藪中は同心たちに混じって玄関を出た。庭先で掃除をしているお累に横目を向けた。お累は同心たちに気づかれないように思わせぶりな視線を送ってきた。藪中もそっと視線を合わせた。お累の様子からは藪中を疑ってはいない。自分たちの仲間と思っているようだ。

藪中はそれで安心をして表に出た。昼に日本橋に行けばいい。それまでは神田近辺を行きつ戻りつしておこう。

藪中は四谷仲町通りを進んだ。

右手に火除《ひよ》け地があったところで数人の男が前に立ち塞がった。普段は人通りのない場所である。いぶかしむと、西村や火盗改の同心たちである。

「おお、どうした」

藪中は声をかけた。

「あんた、今日はどこへ行くんだ」

西村が聞いた。

「決まっておる。探索だ」

「だから、どこへ行く」

西村はねめつけるような視線を向けた。先輩同心への配慮など微塵もない。

「神田近辺を探ろうと思っておる。お頭のお話があったのでな」

「あんたがな」

西村は薄笑いを浮かべた。

「ならば、これで失礼する」

藪中は西村の脇をすり抜けようとした。それを、

「待たれよ」

西村は呼ばわった。

「どうした」

「あんた、このところ、ろくに顔を見せなかったが何かこそこそとやっていたのか」

「どういうことだ」

「通じているんじゃないだろうな」

「なんだと」

「外道の弥太郎一味と通じているのではないかと言っているんだ」

西村は凄んだ。

「馬鹿なことを」

「馬鹿なことか」

「そうじゃ」

「それにしては、おかしなことだ。あんた、昨晩遅く組屋敷でごそごそとやっていたな。何か書類を持ち出したんじゃないのか」

西村は詰め寄った。

「そんなこと……」

藪中の視線が泳いだ。それを見逃す西村ではない。

「懐《ふところ》が膨《ふく》れておるようだ」

藪中は西村の視線を逃れるように脇をすり抜けようとした。

「おおっと、待てよ」

西村は伝法な物言いだ。まるで下手人を見るかのようなうろんな目をして藪中の腕を掴んだ。藪中はその手を払い除け進もうとする。他の同心たちが進路を塞《ふさ》いだ。

「どけ」

藪中は思わず声を荒らげる。

西村は藪中の背後に回り、藪中を羽交い絞めにしようとした。藪中は抗い西村の手から逃れる。その拍子に懐に入れた日誌が草むらに落ちた。西村は憤怒の形相となり、

「おのれ、裏切り者」

さすがにその言葉は、藪中をしてぎょっとさせた。

「なにを」

藪中は大刀の柄に右手を伸ばした。

「ほう、抜くか、面白い。おまえたち、手を出すなよ」

西村は藪中を向き、間合いを取った。

直次郎はお累に挨拶をしてから山際の役宅を出ると、急ぎ足で四谷仲町通りを進む。頭の中は藪中の無事な潜入を願うばかりだ。

と、右手の空き地に藪中と西村たちの姿が見えた。そのただならぬ雰囲気は一目見ただけで不穏なものを感じさせた。藪中と西村は対峙している。まるで、これから果し合いを行うかのようだ。

――いかん――

事情はわからないが、西村は藪中のことを誤解しているに違いない。おそらく、自分同様火盗改を裏切った者とでも思っているのではないか。

二人が刀を抜いてしまっては遅い。

「待たれよ!」

必死で声を振り絞った。藪中と西村は直次郎に向いた。藪中は柄に伸ばした手を離したが、西村は目を吊り上げ、

「おまえは引っ込んでおれ」

と、藪中を見たまま返した。直次郎は二人の間に飛び込み、

「やめるのです。頭を冷やしてください」

「うるさい」

西村は振り上げた拳を振らねば気がすまないようだ。

「ともかく、その手を離してください。同じ、火盗改ではありませんか」

直次郎は西村に詰め寄った。西村はようやくのことで柄から手を離すと、

「こやつは火盗改を裏切る男だぞ」

西村の声音は冷えていた。

「そんなことはありません。藪中さんは立派な火盗改です」

「なにが立派なものか。こそ泥のごとく、夜中に大事な日誌を持ち出した。大方、弥太郎一味にご注進に及ぶのだろう」

「そんなことはございません」

「おまえはわかっておらんのだ」

「違います。わたしは藪中さんがまことに立派な同心とわかっております」

「おい、聞いたか」

西村は仲間を振り返った。たちまち、哄笑が沸き上がる。

「笑わないでください」

直次郎は語調鋭く西村に詰め寄った。

西村は顔をしかめ、

「そうさ、笑い事ではない。藪中をこのまま見過ごしにしたなら、火盗改はとんでもないことになる」

「だから、それは」

直次郎が顔をしかめると藪中は前に出てきて、

「どうしても、わしを信じられんというのなら、かまわん。斬れ」

大刀を鞘ごと抜き、草むらにあぐらをかいた。

「藪中さん、そんなことをしては駄目だ。立ってください」

だが西村は、

「そうか。あんたも、武士らしい最期を飾る意地くらいは持っていたか」

「西村さん、違うんだ」

直次郎は大声を上げる。

「おまえは引っ込んでいろ」

西村は大刀を抜き放った。

二

「いけません」

直次郎は西村の前に立ちはだかった。西村は戸惑いと怒りの入り混じった目をし、そのまま動きを止めた。

「おまえ、死にたいのか」

西村の声音には、その言葉通りではない相当な戸惑いが感じられる。きっと、どうしたらいいのかわからないに違いない。直次郎は藪中に、

「藪中さん、こうなったら本当のことを話しましょう」

藪中は躊躇うように小さく首を横に振る。

「話すべきです。弥太郎一味が捕縛されなければ犬死ですよ」

直次郎の必死の説得に藪中も折れ、力なくうなずいた。西村は、

「何をごちゃごちゃと言っておる。いいからそこをどけ」

しかし、西村は言葉とは裏腹に語調は穏やかになっている。直次郎の態度と藪中とのやり取りを目の当たりにして話を聞く気になったようだ。

藪中が立ち上がった。西村とて本気で藪中を斬る気はなかっただろう。意固地になっていたに違いない。

「西村さん方を信用して申し上げます。藪中さんは望月さまの密命を帯びて外道の弥太郎一味に潜入なすったのです」

直次郎は望月の計略と藪中が弥太郎の隠れ家に潜入した様子を語った。西村たちはしばらく呆然とした。藪中は黙っている。

「それは、まこと、でござるか」

西村は言葉遣いも変わった。直次郎の言葉を信じたようだ。おそらく、直次郎の真摯な態度と日頃小馬鹿にしていた藪中の死を恐れない強い態度に真実と

思ったのだろう。

「すまなかったな」

藪中は少々照れるような物言いだ。

「いや、謝らなければならないのはわたしです」

西村が頭を下げると仲間たちも頭を垂れた。

「もうよい。それより、このこと、絶対に他言無用に願う」

「もちろんです。どのようなことがあろうと口を滑らせることはありません」

「それと、お累だが」

藪中はお累の素性も語った。西村は悔しげに眉根を寄せたが藪中が、

「お累は明日、捕物出役をするまでこのまま泳がせておく」

西村をはじめ、みな、一様にうなずいた。

「ともかく、それを持って弥太郎一味の手下と接触しなければならん」

藪中は野原に転がった日誌に視線を向けた。西村は手早く帳面を取り上げ、付着した泥を丁寧に払うと、

「どうぞ、お持ちくだされ」

と、まるで宝物のように差し出した。

「では、我らはこれにて失礼します」

西村は立ち去りかけたが、

「くれぐれも、ご油断なきよう、気をつけてくだされ」

藪中は笑みを浮かべ、

「かたじけない」

西村たちは一礼して立ち去った。

「助かった」

藪中はぽつりと漏らした。

「助かったではございません。あのまま、何の申し開きもなさらなかったら、本当に斬られていたかもしれませんよ。まこと、冷やっとしました」

「それは、そうかもしれん」

「何故、申し開きをなさらなかったのです。望月さまから命じられたからですか」

「そうではない」

藪中は薄く笑った。

「と、申されますと」

「運だ。自分の運を試してみたくなった。わしは、これまで、失敗続き。運に見放されたと思っていた。そんなわしが、一世一代の大仕事に取り掛かるんだ。相手は極悪非道の大悪党。そんな相手の懐に飛び込む。よほど、運に恵まれないと失敗する。失敗すなわち死だ。死ぬのは一回。さっきのような所で、同僚から犬と思われてそれで命を落とすようなら、わしにはとうていこの仕事は成就できないと思ったのだ」

藪中の一言一言が、直次郎の胸に刻まれた。感動すら覚えた。

「桐生には重ね重ね礼を申す」

「なんの、藪中さんはそれほどの決意を示されたのです。天は必ず藪中さんに味方しますよ」

「では、これでな」

藪中は日誌を懐に収め、背筋を伸ばすと足早に野原を出て行った。

その後ろ姿は覚悟を決めた一人の武士の矜持《きょうじ》を感じさせていた。

藪中は弥太郎に指定された日本橋安針町にやって来た。指定された茶店は日本橋の袂にあった。魚河岸が近いことから、一仕事終えた魚問屋や仲買人たちが安堵の表情で茶を飲んでいる。

留吉は藪中が腰を下ろすと背中合わせに縁台に腰掛けた。藪中は低いぼそぼそとした声で、

「これ、弥太郎に」

と、日誌を縁台に置いた。留吉は無言でそれを受け取る。

「明日の晩、火盗改も町方も神田から両国、上野や浅草、日本橋を徹底して夜回りする。大川からこっちでは働かないほうがいいかもな」

藪中は独り言のように呟いた。

「いいこと、報せてくれやしたね」

「おまえ、字は読めるのか」

「これでも」

留吉はへへと肩をそびやかした。

「なら、折り目がついたところを読んでみろ」

「どれどれ」

留吉は好奇の目で頁を捲った。そして、視線を凝らしてじっと読み込む。留吉の顔色が変わった。

「こら、お頭きっと驚きますぜ」

「そうであろう。山城屋が売ったと知れば、弥太郎どうするであろうな」

「そら、お頭のこった、黙っちゃいない。山城屋に押し込んで、根こそぎ奪うさ。そうだ、明日の晩は山城屋に押し込めばいい。丁度、材木置き場は火の海だ。火盗改も町奉行所も川向こうとなりゃ、こんな好都合なことはないさ」

「段取りが揃ったということだな」

「旦那、よく、教えてくれた」

留吉はにやにやしながら言った。

「なら、これでな」

「旦那、明日の夕刻、平井新田の隠れ家に顔を出してくんなせえよ」

「わかった」

「お頭からきっと、礼が出ますぜ」

「楽しみにしている」

藪中は美味そうに草団子を食べた。留吉は意気揚々と出て行った。

そこへ直次郎が入って来た。藪中の隣に座る。

「大丈夫だ」

藪中は表情を変えず言った。

「これで、明日、一味は木場に集結することになるのですね」

「そうだ」

藪中は表情を引き締めた。

「お手柄です」

「まだだ。明日の夕刻、平井新田の弥太郎の隠れ家に行く」

「行かなければならないのですか」

「当然だ」

「わざわざ、行かなくても」

「いや、ここは行かなければ、怪しまれる」

「止めても無駄ですね」

直次郎はそこまで言って静かに微笑んだ。

「先ほども申したがわしは一世一代の大きな仕事に挑んでいる。この仕事、最後まで全うしたい」

「ごもっともです」

「火盗改になって、やっと役目に誇りが持てるようになった」

藪中の横顔は満ち足りていた。直次郎は羨ましいと感じた。

「では、失礼します」

直次郎は腰を上げ茶店から出て行った。今日も曇天が広がっている。と、思ったら氷雨《ひさめ》が降り出した。往来を行き交う者たちは口々に、「寒い」を連発し出した。

三

直次郎はお衣の店に庄之助を呼んでいた。暖簾を潜るとお衣は、乾いた布切れで直次郎の羽織を拭いてくれた。それから問うまでもなく二階に視線を向けた。

庄之助は既に二階にいるということだろう。視線を落とすと、雪駄が二組置いてある。文治も来ているようだ。

「飯は後で下で食べる。二階のことは気にすることはない」

言っているそばから客が暖簾を潜って来た。お衣は、「いらっしゃいませ」と笑顔を弾けさせる。直次郎は階段を上った。

庄之助と文治が待っていた。

「待たせたな」

「いや、少し前に来たところだ」

庄之助は火鉢に当たりながら答えた。

「明日の晩、連中は動き出す」

直次郎は静かに告げる。

「決まりか」

「間違いない」

直次郎は木曾屋による木場の材木置き場への火付け、外道の弥太郎がおそらくは山城屋に押し込むことを語った。

庄之助と文治の顔は次第に険しくなっていく。

「つまり、木場に悪党どもを集めて一斉に捕縛しようというのだな」

「そういうことだ」

「こいつは大捕物だ」

文治も大変な気合いの入れようだ。

「卯之吉の動きはどうだ」

「このところ、大人しくはしている。火消し人足仲間とつるんで盛り場をうろついているばかりだ」

庄之助は苦笑を漏らした。

「明日の夕刻、卯之吉は木場にやって来る。その時、捕方《とりかた》を率いてくるよな」

「そうしなければならんだろう」

「今、火盗改も町方も大川のこちら側を探索し夜回りを強化している。だから、その動きを見定めて弥太郎は動く」

「大人数で押しかけては弥太郎が逃げてしまうということか」

「そういうことだ」

「しかし、八百屋お八一味を捕縛し、尚且つ火消しを動かすにはそれなりの人数が必要だ」

「いかにも、その通りだが、そこなんだ。我らの動きを敵に知られることなく一網打尽にしなくてはいけない」

直次郎は眉間に皺を刻んだ。

「ここは、一段と思案が必要だな」

庄之助も言う。

「そうですよね」

文治も知恵を絞ろうと腕組みをした。直次郎が、

「そうだ。みな、木場に溶け込めばいいんだ」

庄之助もはたと、

「よし、材木問屋の奉公人や筏師、川並。木挽き職人などに扮《ふん》するか」

「それがいいですよ」

文治も手を打つ。庄之助は顔を輝かせ、

「よし、今日中に上役に図り、明日、木場に赴《おもむ》こう。火消し連中も連れて行く」

「松五郎の奴、きっと、勇みますぜ」

文治が言った。

庄之助は右の腕を左手で摑んだ。訝しそうに見ると、

「どうした」

「武者震いだ。なんだか、震えが止まらない。こんなことは初めてだ。明日の晩は暴れるぞ」

庄之助はうれしそうに笑った。

「よし、腹ごしらえだ」

直次郎は腰を上げた。

「桐生さま、今、腹ごしらえをしたって、捕物は明日ですよ」

文治はおかしそうに言った。

「それもそうだ。だが、腹が減ったことに代わりはないさ」

直次郎は心を浮き立たせ階段を降りた。入れ込みの座敷は一杯だったが、いい具合に小机が空いていた。

お衣が、

「今日は鰯《いわし》が美味しいですよ」

と、にっこり微笑んだ。

直次郎は山際の役宅に戻った。すると、門前で藪中が西村を捕まえ、道の片隅に導いている。直次郎に気がつくと、

「こっちだ」

と、手招きをされた。

「いかがされましたか」

「いや、今、西村に今日の報告会でわしを罵倒せよと頼んだところだ」

「お累の目を気になさっているのですね」

「そういうことだ」

西村は、

「辛い役目だが、そうするさ。それで、おまえもおれに反発しろよ。いつものようにな」

と、ニヤリとした。

「いつもだなんて。そんなに口応えはしておりませんよ」

「そんなことあるもんか。このところ、遠慮がないぞ」

「それは、西村さんが……」

藪中がおかしそうな顔をして、

「その調子だ。うまくやれよ」

「わかりました」

直次郎は言うと西村も笑顔を見せたが、すぐに表情を引き締めた。

「おっと、入るのも別々だ」

藪中が言うと、西村は、

「では一回りしてくる」

と、四谷仲町通りを歩いて行った。


明くる十一月十五日の昼下がり、火盗改の同心たちは山際の役宅の大広間に集められた。真っ昼間の思いもかけない招集に、事情を知る直次郎や藪中、西村たちは闘志をたぎらせているが、他の連中は戸惑い気味だ。それは奉公人たちも同じで、藤吉は薪割りの手を休め、お累は戸惑いの表情で、

「どうしたのでしょう、今頃」

と、目を白黒させた。

「さあ、どうしたんだろうね。急なお呼び出しのようだよ」

藤吉とて答えられるわけがない。

大広間では望月が、

「みな、急な招集驚いたと思う。呼び立てたのは他でもない。これより、捕物出役の仕度じゃ」

大広間は騒がしくなった。

山際が、

「極悪非道の悪党、外道の弥太郎一味を一網打尽にする。向かうは木場だ」

と、ひときわ張りのある声を発した。同心たちの間から、

「木場でございますか」

とか、

「神田ではございませんか」

と、いった声が聞かれた。

それに対し山際はきっぱりと、

「木場じゃ。今日の晩、弥太郎一味は木場の材木問屋山城屋に押し入る。そこを捕縛する」

西村が立ち上がり、

「みな、勇もうぞ」

四十人の同心が声を揃え大きな声で気勢を上げげた。

それを庭先から呆然とお累は見上げた。が、時を置かずして落ち着きを取り戻し、庭から出て行こうとした。それを藤吉が、

「お累ちゃん、何処へ行くんだい」

「ちょっと、お使いで」

「お使い……」

藤吉がいぶかしむと、

「お累、待て」

縁側で望月の甲走った声がした。藤吉は浮き足立ち、

「お累が何か」

と、庇うように問いかけた。お累は藤吉の背中に隠れるように身を小さくした。直次郎と藪中が庭に降りた。

「お累、観念せよ」

「桐生さま、なにをおおせなのです」

藤吉はわけがわからず視線を彷徨わせた。と、お累が突然走り出した。

「お累ちゃん」

藤吉が声をかけると同時に直次郎も走ろうとした。だが、それより早く藪中がお累の前に回った。

「なんだい、あんた、裏切ったね」

お累は働き者の女中の仮面をかなぐり捨てた。藤吉は呆然と立ち尽くした。

「あいにくだな、わしは悪党に魂を売りはせん」

藪中はお累の右手を掴んだ。お累は地団駄を踏んだがやがて、観念したように大人しくなった。

藪中は夕刻、平井新田にある木曾屋の寮にやって来た。留吉が出迎え母屋に入った。弥太郎以下、みな、黒装束を身に着け押し込みの仕度を整えていた。

「藪中さんよ、いいものを見つけてくれたな」

弥太郎は顔を頭巾で隠しているため表情は窺えないが、声音《こわね》で上機嫌であることがわかる。

「おまえさんの話を聞き、すぐに日誌を捲ったんだ」

「お蔭で十年前の恨みを晴らすことができるというもんだ。それに、大川の向こうは火盗改や町方ががっちり夜回りしているようだ。仕事は木場でやるに限る。木曾屋の旦那も木場に火を放つのだしな。丁度いい」

そこへ、佐々木次郎三郎が入って来た。

「今晩は、大川の向こうはやたらと警戒が厳しいな」

「やっぱりそうですかい」

「ああ、奉行所から各町の町役人たちにお達しが出たようだ。見回りがやたらと目につく」

「馬鹿な連中だ。ま、こっちは、大手を振って仕事ができるってもんだぜ。藪中さん、仕事が終わったら、たんまりと礼はさせてもらうぜ」

「用済みになったらばっさりではなかろうな」

藪中は笑い声を上げた。

「おれは、恩には報いるつもりだぜ」

弥太郎はニヤリとした。

この嘘つきめという思いを内心で胸に仕舞う。

「野郎ども、行くぜ」

弥太郎が怒鳴ると怒号が渦巻いた。まさに、血に飢えた狼といったところだ。

四

木場の材木置き場に十人ばかりの男たちがいた。手に松明《たいまつ》を持っている。夜空を満月が彩り、月明かりに卯之吉の顔がほの白く照らされた。

「行くぜ」

卯之吉は松明を頭上に掲げた。男たちはうず高く積まれた材木に向かった。

と、材木が音を立てて崩れる。

卯之吉たちは呆然と立ち尽くした。やがて、材木が卯之吉たちを四方に囲んだ。

「御用だ」

庄之助が飛び出した。それを合図に、大勢の人間が殺到する。みな、川並や筏師に扮した捕方だった。

「しゃらくせえ」

卯之吉はわめくと松明を材木に投げた。他の者たちも破れかぶれのように松明をぶん回し材木に火をつけようとした。何本かの材木に火がついた。

そこへ、松五郎がろ組の火消し人足を連れ駆けつける。

「旦那、火消しは任せておくんなさい」

松五郎の力強い言葉に、庄之助と文治は捕方を率いて卯之吉たちに向かった。

刺股《さすまた》、突棒《つくぼう》が繰り出され、悪党たちを召し捕っていく。

「火消しが火遊びしやがって、一人も逃がすな」

庄之助は大刀を抜き卯之吉に向かった。卯之吉は懐から匕首を抜き、めったやたらに振り回し、捕縛を逃れようとした。

「往生際が悪いぜ」

庄之助は大刀を横に一閃《いっせん》させた。卯之吉の手から匕首が飛んだ。卯之吉は踵を返した。直後、庄之助の大刀が振り下ろされた。卯之吉の半纏が縦に真っ二つに切り裂かれた。松明と月明かりに鯉の滝登りの彫り物が浮かんだ。褌一丁という臥煙の心意気を示す姿にもかかわらず卯之吉はしおれたようにうずくまった。


弥太郎は山城屋の裏手に手下を集結させた。佐々木が南の空を見上げながら、

「そろ、そろ、火の手が上がるんだがな」

「手間取っているんだろうぜ」

寒気が地べたからせり上がってくる。一味は手に息を吹きかけ、地団太を踏みながら弥太郎の合図を待った。

「何時まで待たせやがるんだ。凍《こご》えちまうぜ」

「踏み込もうぞ」

佐々木も白い息を吐いた。

「よし、火事を待ってることもねえか」

弥太郎は手下に向かって、「行くぞ」と怒鳴った。これが合図となり一味は裏木戸から庭に雪崩れ込んだ。母屋は雨戸が閉じられ、寝静まっている。

「根こそぎ奪うぜ」

弥太郎は雨戸を蹴破ろうとした。

と、その雨戸が倒れてきたと思うと、

「御用だ！」

大音声と共に御用提灯の群れが庭に飛び出して来た。

「火盗改である。外道の弥太郎一味、素直に縛《ばく》につけ」

そう凛と声を放ったのは藪中である。

「野郎、騙しやがって」

弥太郎はうめいた。たちまち、一味は火盗改に囲まれた。一味は浮き足立ったものの、これまでに多くの殺しを行ってきた連中だ。火盗改の刃を見ても屈することなく匕首を抜き、立ち向かって来た。

西村がまずは一人を斬り捨てた。留吉である。藪中は弥太郎に向かった。弥太郎は匕首を腰だめにして藪中に突っ込んだ。藪中はさっと身を横に避け、弥太郎の首筋に峰打ちを放った。弥太郎は前のめりに倒れた。

直次郎は一味と刃を交えながらも木曾屋のことが気になった。今頃は菊乃が本庄を呼び出しているはずである。

「木曾屋に向かいます」

望月に了解を取り、山城屋の庭を横切ろうとした。ところが、直次郎の前に佐々木が立ち塞がった。

佐々木は大刀を抜き大上段に構えた。ここは勝負せねばならない。

直次郎も抜刀し八双に構える。佐々木はじりじりと間合いをつめたと思うと、大刀を振り下ろしてきた。直次郎は迎え撃つ。

二人は鍔《つば》迫《ぜ》り合いを演じた。佐々木の力は強く、直次郎は押され気味だ。寒風が全身を包んだが、命を懸けた真剣勝負に直次郎の額には汗が滲んでいる。

佐々木は鋭い気合いと共に直次郎を押した。直次郎の身体が離れた。そこへ佐々木の刃が襲ってくる。直次郎は地べたを横転した。それを佐々木が串刺しにしようと大刀の切っ先を突き出してくる。

直次郎は横転している内に松の根元に追い詰められた。

佐々木は好機とばかりに渾身の力を込め、突きを繰り出した。間一髪、直次郎は右に避けた。佐々木の大刀が松の幹に突き刺さった。

「てぇい」

夜空に届くのではないかというほどの大音声を発し、直次郎は佐々木の胴に峰打ちを放った。

佐々木は崩れるように倒れた。

一味は悉《ことごと》く捕縛された。

それを見定めると直次郎は木曾屋に走った。


木曾屋の裏木戸を入ると母屋の居間から行灯の灯りが漏れている。裏木戸を抜け、踏み入れたところで障子が開けられた。

菊乃が出て来た。

菊乃はうつろな目で縁側に座り込んだ。着物が赤黒く染まっている。手には懐剣が握られていた。

「菊乃殿」

駆け寄ると、菊乃は薄笑いを浮かべた。月明かりにも負けないほの白い顔が妖しく歪んでいる。開け放たれた障子の向こうに本庄讃岐守が血に染まって倒れていた。両目をかっと見開き、微動だにしないその姿は確かめるまでもなく息絶えていた。

「耐えられませんでした」

菊乃はそう漏らした。

おそらく、本庄は菊乃に襲いかかったに違いない。

――遅かった――

もう少し早く駆けつけるべきだった。菊乃は直次郎から協力を求められた時点でこのような決着のつけ方を考えていたのだろう。「あなたさまのお指図は受けません」、そう言った時の菊乃の強い眼差し、あのときすでに、操をかけ本庄と刺し違える覚悟をしていたのだ。自分の考えが浅かったと悔やんだが後の祭りだ。自分の未熟さを思い直次郎は右の拳で自らの頬を何度も打った。

すると、その時背後で、

「木曾屋勘兵衛、神妙にせよ」

望月の声がした。

月が明け、師走の一日となった。

夕暮れ時、直次郎はお衣の店の小机で幸太郎と向き合っていた。熱燗を汲み交わし落ち着いたところで、

「今日、藪中さまが五両返しに来られたよ。年を越してからで構わないと申し上げたんだが、報奨金が出たとかでね。律儀なお方だね」

「藪中さんは外道の弥太郎一味捕縛に当たって一番手柄だったのです」

「そら、大したものだ。八百屋お八は南町の向井さまがお縄にしたそうじゃないか。おまえも頑張らないとな」

幸太郎は自分の浮気探索に努めていた直次郎を皮肉っているようだ。

「わかっています」

軽くいなして徳利を向ける。

「それにしても、八百屋お八を操っていたのが材木問屋の木曾屋とはね、世も末だ」

今日の幸太郎はねちっこい。

それが菊乃に起因しているのは明らかである。

「菊乃殿は尼寺に入られたとか」

「そのようだね」

幸太郎は菊乃に話題が及ぶことを避けるように、酒のお替りを頼んだ。

菊乃は気が触れたことにされ、尼寺に入れられた。本庄は木曾屋の口から、八百屋お八こと、卯之吉たちによる火付けの黒幕であることが語られたが、死んでしまった以上真相は闇の中に葬られた。幕府としては、現職の若年寄が火付けに関わっていることは認められないのだろう。真相究明は行われないようだ。

事件に関わった木曾屋勘兵衛、臥煙の卯之吉と仲間、それに外道の弥太郎一味は江戸市中引き回しの上、火炙《ひあぶ》りとなった。

陰惨で割り切れない事件の幕引きに直次郎は鬱屈した思いに駆られたが、一介の同心にとっては日々の仕事の中にそんな不満も埋没していく。

「お待ちどうさま」

お衣が弾んだ声で鍋を持って来た。

「鮟鱇《あんこう》鍋か」

湯気の立った鮟鱇鍋に自然と笑顔を誘われた。幸太郎ののっぺりした顔からも笑みがこぼれた。

「蜜柑だけどね」

幸太郎は唐突に言い出した。

「蜜柑……。蜜柑がどうかしたのですか」

「ほら、この前、話しただろう。おまえが幼い頃、真夏に蜜柑を欲しがって家の者を困らせたって」

「ああ、あの話。悪いけど、さっぱり思い出せないんですよ」

すると、幸太郎は肩をすくめた。その思わせぶりな態度は妙に心に引っかかる。

「どうしたのですか」

「あれね、実はおまえじゃなくってあたしの話なんだ」

「ええ……」

「あたしがおとっつあんに蜜柑をねだったんだよ。十の頃、夏の暑い盛りにね」

「どうして、兄さん、そんなに蜜柑が好きでしたっけ」

「そんなに好きじゃなかったさ。でもね、理由ははっきりしないけど、突然猛烈に食べたくなったんだ。熱にうなされたみたいにね。どうも、あたしは手の届かない物にひかれるところがあるのかもしれないね」

「それは……」

それは菊乃殿のことを言っているのか、と直次郎は内心で問いかけた。幸太郎は美味そうに鮟鱇を食べ始めた。

「美味いよ。食べないなら、あたしが全部食べちゃいますからね。鮟鱇は目の前、箸を伸ばせば口に入るんだから」

「食べますよ」

直次郎は猛然と食べ始めた。

「あら、雪」

お衣の声がし、格子窓から粉雪が舞っているのが見えた。月のない暗黒の夜空から真綿を散らしたような雪が降ってくる。

「兄ちゃんに綿入れを持って行ってあげなくちゃ」

「峰吉、来年には戻って来られるさ」

「うん。楽しみに待ってるわ」

お衣は力強く答えると客の注文を聞いて回った。

幸太郎に視線を転ずると、箸を置き雪を見ながら物思いに沈んでいる。

直次郎はそれが菊乃への思慕と思ったが、口には出さなかった。

婿同心捕物控《むこどうしんとりものひか》え　遅咲《おそざ》きの男《おとこ》

早見《はやみ》 俊《しゅん》

学研M文庫

2011年2月22日　初版発行

●

発行人——土屋俊介
発行所——株式会社　学研パブリッシング
〒141-8412　東京都品川区西五反田2-11-8
発売元——株式会社　学研マーケティング
〒141-8415　東京都品川区西五反田2-11-8
印刷・製本—中央精版印刷株式会社

★ご購入・ご注文は、お近くの書店へお願いいたします。
★この本に関するお問い合わせは次のところへ。
• 編集内容に関することは —— 編集部直通　Tel 03-6431-1511
• 在庫・不良品（乱丁・落丁等）に関することは ——
販売部直通　Tel 03-6431-1201
• それ以外のこの本に関するお問い合わせは下記まで。
文書は、〒141-8418 東京都品川区西五反田2-11-8
学研お客様センター『婿同心捕物控え』係
Tel 03-6431-1002（学研お客様センター）
落丁・乱丁本はお取り替えいたします。
定価はカバーに明記してあります。

は-11-4